Edition Akzente
Herausgegeben von
Michael Krüger

Vladimir Kazakov
Unterbrechen Sie mich nicht, ich schweige!

Sämtliche Dramen

Aus dem Russsischen
und mit einem Nachwort
von Peter Urban

Carl Hanser Verlag

ISBN 3-446-16044-2

Umschlag: Nach einem Entwurf von Klaus Detjen
unter Verwendung einer Grafik von Olga Rozanova
Satz: LibroSatz Kriftel
Druck und Bindung: Pustet Regensburg
Printed in Germany

Unterbrechen
Sie mich nicht,
ich schweige!

Das Tor

Lange Zeit ist die Bühne leer. Nicht einmal die Bühne ist da. Endlich erscheinen sie.

DIE BÜHNE

Wer sind Sie?

VITKOVSKIJ

Ich? Die Bühne.

DIE BÜHNE

Ach, so ist das! Jetzt bleibt mir vieles von dem, was mir bisher unklar war, auch weiterhin unklar.

ANDERE

So sind die Zeiten nun einmal. Entschuldigen Sie, daß wir unterbrechen. Zur Zeit sind fast alle anderen kahlgeschoren für die Soldaten. Nur zwei der anderen haben es durch List erreicht, in Freiheit zu bleiben. Und die sind nicht wir.

DER FEUERWEHRMANN

Und wo ist Vitkovskij?

VITKOVSKIJ

Nach ihm hat man ein Spezialkommando geschickt. Sie sollen ihn bringen, lebendig oder tot.

ANDERE

Nicht unbedingt tot oder lebendig. Aber was uns betrifft, wir verschwinden. Wir sind gar nicht hier gewesen, wir nehmen alle zu Zeugen. Auf Wieder . . .

FEUERWEHRMANN

Ich verlange, daß der Name des Feuerwehrmannes auf Plakaten unmittelbar unter dem Namen des Autors genannt wird. Zum Beispiel:

Titel: »Der Barbier von Sevilla«
Autor: Longfellow
Feuerwehrmann: Valerij oder Vasilij Fedorov

usw. usf.

VITKOVSKIJ

Sie haben vollkommen recht. Was soll das für ein Feuer sein, bei dem nicht auf die Hauptdarsteller hingewiesen würde. In Rjazan soll sich ein solcher Fall ereignet haben. Alles ist abgebrannt . . .

VITKOVSKIJ II

Sind Sie Vitkovskij II?

VITKOVSKIJ

Nein, ich bin Vitkovskij I.

VITKOVSKIJ II

Und ich Vitkovskij II. Leben Sie wohl.

VITKOVSKIJ

Beinahe wäre ganz Rjazan abgebrannt. Und einige umliegende Dörfer.

ANNA

Guten Tag, Anna!

VITKOVSKIJ

Guten Tag, Vitkovskij!

FEUERWEHRMANN

Ja. Nein. Ja. Nein.

ANNA

Wo ist die Brandstätte, zu der ich gehen wollte? Wo bin ich, nach der die Brandstätte rief? O weh! es gibt sie nicht!

VITKOVSKIJ

Nicht nur »o weh!«

FEUERWEHRMANN

Er hat recht. Und ich gehe. Wollen Sie mit mir kommen, Anna? Wollen Sie das Nomadenleben eines Feuerwehrmannes teilen? Heute – hier, morgen – nirgends. Wie gefällt Ihnen das?

ANNA

Er ist merkwürdig. Er, nicht Sie.

VITKOVSKIJ

Ich, nicht ich?

DIE BÜHNE

Ich schaue ihnen zu und verstehe sie nicht. Ich höre zu und sehe nicht. Ich lebe und sterbe nicht.

ANNA

Wer ist das?

VITKOVSKIJ

Ich und die anderen.

ANNA

Und wo ist der Feuerwehrman? Der Tapfere.

VITKOVSKIJ

Er hat gerade seine Inspiration. Er löscht. *Nach einer Pause.* Anna! Anna! Wann endlich?!

ANNA

Anna ist nicht da. Ich bin da. *Nach einer Pause.* Sie sagten »die anderen«?

VITKOVSKIJ

Im Gegenteil, die anderen sagten »Sie«. Anna, ich bedaure, damals nicht im Feuer umgekommen zu sein, in Rjazan. Dann wäre jetzt alles ganz anders. Oh! . . .

Die Nacht bricht an.

1. STIMME

Was ist das?

2. STIMME

Die Nacht.

1. STIMME

Wie alles sich verändert hat! Ich war Vitkovskij.

2. STIMME

Und ich? Anna?

1. STIMME

Sowie ich ein Feuer sehe, denke ich auch schon an jenen braven jungen Mann mit dem blitzenden Helm, der auf dem Wasserpferd ritt. Was er jetzt wohl macht? Ob er wie früher schreibt? Oder zur Prosa übergegangen ist?

ANNA

Ich weiß nicht.

VITKOVSKIJ

Sie, Anna, gleichen sich selbst. Dieselben Haare, dasselbe Gußeisen, dieselben Augen und dasselbe blasse nächtliche Gesicht. Die eisige Gleichgültigkeit, die Wimpern. Wie alt sind Sie? Ich weiß es nicht . . . Der Morgen ist angebrochen.

PASSANT

Sagen Sie, ist hier nicht ein Mann mit einem schwarzen Verband anstelle einer Uhr vorbeigekommen?

VITKOVSKIJ

Ja, hier hat etwas getickt. Etwas hat ziemlich düster geklungen.

ANNA

Er ist vorbeigekommen. Dann ist er nach oben gegangen. *Nach einer Pause rezitiert sie die Verse:*

Und Fenster, Donner und die Blitze
Befehl: verdunkeln jede Ritze
Mit des Regens Grabessilber . . .

PASSANT

Die Straße ist in gutem Zustand. Der Mond ist in gutem Zustand. Ich komme! . . .

VITKOVSKIJ

Ich bin in gutem Zustand. Ich? . . . Anna, erlauben Sie mir, Ihren Namen auszusprechen!

ANNA

Was?

VITKOVSKIJ

Anna!

ANNA

Was?

VITKOVSKIJ

Erlauben Sie mir, Ihren . . .

FEUERWEHRMANN

Ah, Sie sind noch hier? Dieselben Fragezeichen, im Wechsel mit Schweigen? Na na! . . .

ANNA

Sind Sie derselbe Feuerwehrmann?

FEUERWEHRMANN

Nein, ich bin ein anderer. Aber das Feuer ist noch dasselbe. Verstehen Sie? . . . Ich gehe . . . Dahin! . . .

ANNA

Wohin gehen Sie?

VITKOVSKIJ

Anna, wohin gehen Sie? Sie haben die Geschichte meines Lebens nicht zu Ende gehört . . . Ich habe nicht einmal beginnen können. Also: die Jahre vergingen. Ich trat vor den Spiegel, um zu schauen, ob ich nicht etwas vergessen hatte anzuziehen und ob ich nicht etwas Überflüssiges angezogen hatte . . . Hören Sie zu, Anna? Spreche ich?

ANNA

Er löscht.

VITKOVSKIJ

Womit?

ANNA

Die Flamme.

VITKOVSKIJ

Gleich bricht die Bühne unter mir zusammen. O Schwere! . . .

FEUERWEHRMANN

Was geht hier vor? . . . Eine Stunde ist abgebrannt.

JEMAND

Herrische Haltung, strenge Stimme und grausames halb neun.

FEUERWEHRMANN

Sind Sie jemandes Bruder?

VITKOVSKIJ

Nein, ich bin einfach jemandes.

ANNA

Es riecht nach frischer Kühle, Kindheit.

VITKOVSKIJ

Ihre Augen strahlen. Meine Stimme krächzt. Sein Helm glänzt. Stehen wir schweigend . . .

Sie stehen eine Zeitlang.

FEUERWEHRMANN

Ich verschwinde. Auf mich wartet der Rauch.

VITKOVSKIJ

Mein Leben teilt sich in zwei Phasen: die erste und die dritte . . .

EINE PROZESSION

Wir gehen, gehen und gehen. Die Bezeichnung für uns ist – »Beerdigungsprozession«.

VITKOVSKIJ

Wie kalt es geworden ist, obwohl der Mond scheint! . . . Erinnern Sie sich an mich, Anna? Das dauert nun schon viele Jahre. Die Kälte verstärkt sich. Trotz Feuer.

UHRMACHER

Keine Uhren, also keine Arbeit.

SCHNEIDER

Keine Feuer, also auch nichts anderes.

SCHMIED

Gibts das andre, gibt es auch das eine.

PROZESSION

Es gibt auch die Beerdigungsprozession. Erstaunlich ist das, einem Toten folgen bis an eine bestimmte Grenze!

UHRMACHER

Und es geschieht so manches, wenn ein Rädchen oder Zahnrad bricht.

SCHNEIDER

Oder wenn ein Feuer losheult.

SCHMIED

Ja.

VITKOVSKIJ

O meine Kindheit, beritten und zu Fuß! . . . Sie?!

EIN GESPENST

Ja, ich.

VITKOVSKIJ

Wie das? Sie und ich gleichzeitig?!

GESPENST

Nein, Sie gibt es nicht. Nur mich.

VITKOVSKIJ

Ist das eine Anspielung auf diese Beerdigungsprozession?

GESPENST

Nicht auf diese.

VITKOVSKIJ

Schweigen Sie! Seien Sie so unhörbar wie unsichtbar! . . . Ich habe mich beim Rasieren an der Kehle verletzt. Stören Sie mich nicht beim Zuschauen, wie der Spiegel Blut verströmt . . .

GESPENST

Er ist verrückt! Ich gehe, stelle mich schlaflos.

JEMAND

Was macht hier dieses Gespenst?

ANNA

Es schläft nicht.

VITKOVSKIJ

Merkwürdig, ich habe Annas Stimme gehört. Was habe ich nur, mal sehe ich etwas, mal höre ich ... Was geht mit mir vor? Und so geht es immer.

JEMAND

Achten Sie nicht darauf... *Bemerkt es plötzlich.* Aber was ist das?! Ihre Spiegelkehle... das ist geradezu entsetzlich! Ich laufe, den Feuerwehrmann holen!...

VITKOVSKIJ

Halt, ich habe das letzte Wort zu sprechen!... Ich will Anna sehen ...

ANNA

Was geschieht hier? Nichts?

Drama

VLADIMIR

Was mich ganz und gar nicht aufregt, ist: wieviel Uhr ist es jetzt?

UHR

Kuckuck!

VLADIMIR

Zwei. Was? Was für ein Tag! Was für ein Wetter! Was für alles andere! Ich laufe!

ONKEL

Wohin hast du dich so erzürnt, Neffe? Guten Tag. Sei gegrüßt.

VLADIMIR

Sie, Onkel?!

ONKEL

Ich gehe, da sehe ich plötzlich: du kommst mir entgegengelaufen, du redest vor dich hin im Laufen. Ich sage »Guten Tag, Neffe!«, doch du brummst automatisch »Tag« und stürmst weiter. Ich muß schon sagen!

VLADIMIR

Also Guten Tag, Onkel! Seien Sie gegrüßt, zum Schluß!

ONKEL

Nein, zu spät. Du bist bereits an mir vorbeigelaufen und in der Menge verschwunden.

VLADIMIR

Sie verwechseln mich sicher mit jemandem.

ONKEL

Nicht mit jemandem, sondern mit Boris Evtichievič Charlamov.

VLADIMIR

Das ist der, der nicht derselbe ist?

ONKEL

Genau . . . Und wohin hast du es so eilig? Du siehst aus, als ob du mir entgegen gekommen wärst.

VLADIMIR

Und wohin gehe ich?

ONKEL

Du gehst zu Nadežda Jakovlevna. Du heißt Vladimir. Lebe wohl!

VLADIMIR

Leben Sie wohl! Ich gehe zu einer alten Frau, die ich kenne, einer Pfandleiherin, um ihr dieses Beil in Kommission zu geben. Sehr gut, das Beil und die Schneide! *Er holt mit dem Beil aus.*

ONKEL

Ich nehme meine Worte und Ausrufezeichen zurück, ebenfalls den ganzen Haufen Kommata. Aber für mich wird es Zeit. Ein sehr gutes Beil! Ich gehe . . .

VLADIMIR

Er ist weg . . . Der Wind weht. Die Zäune stehen . . . Aber da kommt meine Braut, sie heißt Anastasja.

ANASTASJA

Wenn Sie wüßten, Vladimir, wie merkwürdig es ist, vom Morgen bis in die Nacht Braut zu sein! . . . Guten Tag!

VLADIMIR

Guten Tag!

ANASTASJA

Sie haben ein Beil in der Hand?! Und wo ist Ihr Onkel?

VLADIMIR

Es gibt den Erdteil, wo er ist . . . Mir hat eine Wahrsagerin aus der Hand gelesen.

ANASTASJA

Und?

VLADIMIR

Ich werde keinen Ruhm besitzen, weder zu Lebzeiten noch posthum, sondern einen dritten . . . Hören Sie, Anastasja, was weht für ein Wind? Sehen Sie, was für Zäune da stehen?

ANASTASJA

Sie reden wieder über das andere?

VLADIMIR

Ein dritter Ruhm! Was sagen Sie dazu? Ich kann die Nacht einfach nicht erwarten. Mein Onkel ist geflohen und zusammengezuckt, als er mich sah.

ANASTASJA

Vladimir!

VLADIMIR

Ich komme! Da bin ich! Guten Tag, Anastasja! Unterbrechen Sie mich nicht! ... Ein Vogel ist unvorsichtig vom Himmel gefallen.

ANASTASJA

Um diese Zeit sind Sie immer um eine halbe Stunde wahnsinniger als zu einer anderen. Ich ging, zählte und ... endlich, Schritte.

VLADIMIR

Da! Die Alte ... Guten Tag, Nadežda Jakovlevna! Guten Tag, sind Sie es?

DIE ALTE

Ich bin – dieses Guten Tag! Sind Sie allein oder mit Ihrer Braut?

VLADIMIR

Aber wo ist sie? Anastasja! Mit meiner Braut? Nein, ich bin allein.

DIE ALTE

Die Nacht, ich. Nun ist es soweit. Ich will nicht über Geschäfte sprechen. Später! Was haben Sie mitgebracht?

VLADIMIR

Sicher sind Sie meinem Onkel begegnet, und er hat Ihnen einen Wink gegeben. Das tut er immer. So auch gestern.

DIE ALTE

Fürchten Sie sich nicht. Fürchten Sie sich. Mir entgegen kam die Menge, und als letzter – Ihr Onkel. Die Menge verlief sich irgendwohin, und . . . wir verloren uns aus den Augen. Ich vergaß »plötzlich« zu sagen.

VLADIMIR

Ich habe hier für Sie . . . ein Beil! Gestatten Sie, daß ich zuschlage . . .

DIE ALTE

Da ist ja auch das Fräulein Braut! Komm näher, Kind! Ich höre nicht mehr so gut. Und wo ist der Onkel?

ANASTASJA

Und wo ist der Onkel?

VLADIMIR

Und wo ist der Onkel?

DIE ALTE

Ich höre nicht mehr so gut –

ANASTASJA

Vladimir, kommen Sie zu mir, erinnern Sie sich, Sie kamen immer gern zu mir.

VLADIMIR

Ich bin der Onkel.

DIE ALTE

Packen Sie nur alles aus! Was haben Sie da?

ANASTASJA

Der Mond ist aufgeblitzt.

VLADIMIR

Und wo ist Vladimir?

DIE ALTE

Beruhigen Sie sich, er ist nicht weit. Packen Sie nur alles aus, packen Sie es aus! Ich sehe: den Mond beim Schein der Gräber.

ANASTASJA

Vladimir, erinnern Sie sich?

VLADIMIR

Ringsum das Spiel ringsum das Treiben
Mit der Erinnerung Skelett.
Reizbar begann die Luft zu reiben
Sich am kristallnen Epaulette.

ANASTASJA

Oh, Vladimir! Vladimir, oh!

DIE ALTE

Ich zähle das Geld gleich nach.

VLADIMIR

Nein, dies Geräusch ertrag ich nicht!
Wenn jemand ein Tablett mir reicht
Dreht sich die Ferne danach um
Wie Pilger deren Glaube weicht.

DIE ALTE

Wer bin ich? Ich habe es vergessen.

ANASTASJA

Der Onkel?

VLADIMIR

Vladimir?

ANASTASJA

Die Braut im Mondenschein?

DIE ALTE

Das Beil?! . . .

EIN DIEB

Es ist Nacht. Niemand da. Nicht einmal ich. Niemandem kann ich »Lebewohl!« sagen. Nicht einmal mir.

ONKEL

Hier ist jemand nicht da.

DIE ALTE

Pssst!

VLADIMIR

Ich spüre, ich kann nicht weiter. Aber nicht weiter kann ich auch nicht. Wohin also? Das ist die Frage.

ONKEL

Es ist bereits halb zwölf, du Tunichtgut! Gib das Beil her!

VLADIMIR

Onkel, geben Sie das Beil her! Es ist schon halb Pfandleiherin. Es ist schon halb alles.

DIE ALTE

Hier sind meine Zinsen! Er ist so mit seiner Braut beschäftigt, daß er mich gar nicht beachtet. Der Onkel ist ein Kauz. Der Neffe ist ein Onkel.

VLADIMIR

Anastasja, hören Sie mich an, solange wir allein sind. Hören Sie mich an, solange niemand da ist. Hören Sie mich an, solange die Zäune.

1. Fall Anastasja
2. Fall Anastasja
3. Fall Anastasja
4. Fall Anastasja
5. Fall Mit Hilfe von Anastasja
6. Fall Über Anastasja. Über.

ONKEL

Gestatten Sie, daß ich einen Trinkspruch ausbringe! Und ich bitte, alle seine Fehler und Tugenden (so er solche haben sollte) meiner Erregung zuzuschreiben. Ich bin überzeugt, es werden 19 Jahre vergehen. Ich wollte sprechen und fortfahren. Ich spreche. Ich fahre fort.

VLADIMIR

Bravo! Ich schließe mich an . . . Wem?

ONKEL

Wir alle schließen uns an.

VLADIMIR

Und die, denen wir uns anschließen?

ONKEL

Alle. Und Schluß.

ANASTASJA

Wo ist die Alte hin?! Während wir sprachen, hat sie geschwiegen und ist verschwunden.

VLADIMIR

Wie?! Und das Beil?! Und die Zinsen?! Und und?!

ONKEL

Ich habe soeben einen Brief bekommen. Man schreibt mir. Ich lese.

VLADIMIR

Anastasja, ich fühle mich immer im Recht. Das ist ein erstaunliches Gefühl! Erstaunlicher als andere.

ANASTASJA

Vladimir, Sie haben sich nicht verhört?

VLADIMIR

Sie meinen, Sie haben sich nicht verhört, Anastasja?

ANASTASJA

Merkwürdig, aber nicht merkwürdig.

ONKEL

Weder Alte noch Beil!

VLADIMIR

Noch ich.

ONKEL

Ja, Sie, Vladimir, sind verschwunden. Sie sind nicht mehr da. Das ist ein schwerer Verlust. Aber da ist nichts zu machen. Man schreibt mir: »Fassen Sie Mut!«

Fabriksgelände

ERSTER

Gehen wir nicht schon zu lange?

ZWEITER

Eh? Das sind noch nicht wir.

ERSTER

Schau! – die anderen und dritten.

ZWEITER

Ja. Und Fabrikschornsteine. Die brauchen wir auch nicht.

ERSTER

Was werden wir dann tun?

ZWEITER

Wir werden sein. Schau – da, eine Frau. Wir werden sie fragen und antworten.

ERSTER

Meine Antwort ist schon fertig. Frag!

DIE FRAU

Wer sind Sie? Woher kommen Sie um diese Zeit?

ZWEITER

Um diese? Nicht doch. Wer hat Ihnen das gesagt? Um ganz eine andere ... Was ist das?

FRAU

Das ist ein Fabriksgelände. Sehen Sie? Die Schornsteine rauchen.

ERSTER

Und worüber rauchen sie?

FRAU

Es sind im ganzen sieben Schornsteine und noch einige. Und über jedem ein Rauch. Wieviel sind das im ganzen? Darüber rauchen sie.

ERSTER

Ein Himmel in drei Farben: grau, schwarz und die letzte. Baracken.

FRAU

Das ist ein Fabriksgelände. Ich wiederhole: das ist ein Fabriksgelände. Und, nach einer kurzen Pause: das ist ein Fabriksgelände.

ZWEITER

Ich bin der erste.

ERSTER

Ich bin ebenfalls der Zweite.

FRAU

Mein Name ist dort geblieben. Wie zärtlich er war, erstaunlich! Sehen Sie, wie rauh meine Haut, wie rissig meine Hände heute sind? Und meine Augen? Jedes Wort hat geblitzt! Was machen Sie auf diesem Fabriksgelände? Sie.

ERSTER

Ich?

ZWEITER

Er.

FRAU

Wir.

ERSTER

Ist nicht der erste.

ZWEITER

Wo wollen Sie hin?

FRAU

Sie sprechen merkwürdig, oder höre ich merkwürdig zu? Hören wir die Sirene heulen, beschleunigen wir die Schritte, sehen wir die Schornsteine, beschleunigen wir das übrige. Die Augen glänzen.

ERSTER

Höre ich Ihre Schritte, heule ich.

ZWEITER

Und ich die Augen.

FRAU

Nein.

DIE MENGE

Den Fabriktoren entströmend.

FRAU

Hören Sie die Stimmen?

1. STIMME

Wohin? Wohin? Wohin?

2. STIMME

Was hast du dort gesehen?

3. STIMME

Was für ein komischer Himmel! . . .

4. STIMME

Vorsicht! Hier ist ein Spalt . . .

FRAU

Nun, und was antworten Sie?

ERSTER

Unser Arbeitstag ist zu Ende.

ZWEITER

Wir gehen in die Baracken. Wir umgehen den Spalt . . .

FRAU

Sind Sie taub oder hören Sie nicht?

ERSTER

Wir umgehen alles.

ZWEITER

Sie schweigt. Merkwürdig! Was hören wir zu?

ERSTER

Wo?

ZWEITER

Gestern.

ERSTER

Die Frau . . . Wo ist sie?

DIE MENGE

Zwei wie sie.

FRAU

Ich habe mich verhört, oder habe ich mich verhört? Ich weiß nicht.

ERSTER

Nicht wir. Nicht verhört. Nicht Sie wissen es.

ZWEITER

Nicht die anderen.

FRAU

Nicht auf den Schienen stehenbleiben! Die Menge verläßt die Fabrik.

ERSTER

Wo stehen wir? Sie verlassen uns.

ZWEITER

Die Schienen verlassen uns, die Stimme der Frau und sie selbst.

ERSTER

Das Wort »Unfall« ist unhörbar und unsichtbar. Die Frau kommt hierher.

FRAU

Ich bin gekommen und schweige.

ERSTER

Sie ist gekommen und wir schweigen.

FRAU

Wir stehen auf den Schienen.

ZWEITER

Wir schweigen auf den Schienen.

DIE MENGE

Lebt wohl! Auf den Schienen!

ERSTER

Warum sind sie alle so leer?

ZWEITER

So etwas habe ich noch nie gesehen. Mich auch nicht.

FRAU

Können Sie »Lebewohl« sagen?

ERSTER

Ich antworte nicht auf meine Fragen. Du?

ZWEITER

Ich nicht.

ERSTER

Leer sind die Schienen, nicht wir.

FRAU

Wie soll ich Ihnen zeigen, was Sie nicht hören?

ERSTER

Was, wir sollen nicht wir werden? Zwei Auswege, von denen es einen nicht gibt.

ZWEITER

Dieselben Worte, aber in derselben Reihenfolge.

ERSTER

Wo ist die Frau? Nirgends?

ZWEITER

Ich rufe! Hörst du?

ERSTER

Die Dämmerung der Dämmerung. So hat sie gesagt.

ZWEITER

Und du?

ERSTER

Ich?

ZWEITER

Nein, du.

ERSTER

Habe begonnen, die Schornsteine zu zählen, die Gelände.

ZWEITER

Ich habe nur dich gezählt. Wo ist die Frau? Wo ist sie denn? Denn ich bin dort, wo sie ist.

FRAU

Auf den Schienen? Leben Sie wohl!

ZWEITER

ter.

ERSTER

ster.

ZWEITER

Wo wollen Sie hin?! Ihre Hände . . . Sie wissen. Und Ihre dunklen Haare . . .

ERSTER

Und Ihre langen Wimpern
Dunkel wie das Donnern der Waggons . . .

ZWEITER

Sie ist verschwunden . . . Die Schornsteine sind über dem Zählen wahnsinnig geworden. Es ist Nacht. Kein Spalt zu sehen. Das Fabriksgelände . . .

Die Nacht bricht an.

ERSTER

Sie ist angebrochen.

ZWEITER

Heult da etwas? Oder etwas nicht?

ERSTER

Hörst du? Ich sehe.

ZWEITER

Wem?

ERSTER

Wer?

ZWEITER

Keiner keinem

ERSTER

Oder umgekehrt.

Gäste

MELIK-MELKUMOV

Wer sind Sie?

OSTROGSKIJ

Ich? Wer.

MELIK-MELKUMOV

Klar. Unklar. Beinahe klar. Beinahe un.

OSTROGSKIJ

Beinahe ich.

MELIK-MELKUMOV

Da sind ja auch die Gäste. Insgesamt vier Mann. Und der 5. ist auch der 3.

OSTROGSKIJ

Und der 1. ist auch das 6.?

MELIK-MELKUMOV

Ja, ja, Sie haben unrecht.

OSTROGSKIJ

Mein Alter stimmt mit nichts von meinem Übrigen überein. Zum Beispiel, ich bin 40, und gebürtig bin ich aus Smolensk. Und noch eine Menge anderer Unstimmigkeiten. Mir scheint, ich habe das Fundament für eine Unterhaltung gelegt?

1. GAST

Heute ist ein Wetter. Ich trete auf die Straße, die Fenster standen zum Regen.

2. GAST

Zur Wand.

3. GAST

3. Gast.

4. GAST

4.?

MELIK-MELKUMOV

Sie haben alle recht, auch Sie alle. Nicht wahr, ein bezauberndes drei Viertel zehn?

EVELYNE

tritt auf

Guten Tag! Worum ging hier das Gespräch? Um? oder um?

MELIK-MELKUMOV

Das ist Ostrogskij. Sie kennen einander? Ich denke, Sie.

EVELYNE

Was für einen wunderbaren Schnurrbart er hat! Auch er.

OSTROGSKIJ

Genau einige Minuten vor Ihrem Erscheinen sprachen wir über.

EVELYNE

Bitte fahren Sie fort!

OSTROGSKIJ

Einige hundert Meter von von war ein Turm. Von ihm aus war nicht nur die ganze Stadt zu sehen, sondern auch die nicht ganze . . .

3. GAST

Die Uhr schlägt halb mich.

EVELYNE

Fahren Sie fort!

3. GAST

Fahren Sie fort!

OSTROGSKIJ

Ich schaute gern von diesem Turm. Und einmal, oder noch ein wenig früher, schaute ich . . .

EVELYNE

Mir ist so merkwürdig!

4. GAST

Was wollen Sie vom 4. mir?

MELIK-MELKUMOV

Welch lebendige Unterhaltung! Sie ist lebendiger als wir selbst.

OSTROGSKIJ

»Evelyne!« – sagte ich laut in Gedanken. Sie kam näher. Einige Zahlen sprangen davon.

I. GAST

Schauen Sie auf mich! Ich stehe zum Regen.

2. GAST

Indien steht auf drei Elefanten.

3. GAST

Die Unterhaltung gründet sich auf drei Gäste.

4. GAST

Der 4. Gast gründet sich nicht auf.

EVELYNE

Sprangen davon? Merkwürdiger Mensch! Er ist anscheinend später als selbst die Mitternacht.

OSTROGSKIJ

»Was ist – fragten wir beide einander. – Ich weiß nicht . . .« Wir blieben auf dem Turm. Alles schlief. Es schliefen die Ungläubigen und ihre Götter. Nur drei schliefen nicht: sie und ich . . .

MELIK-MELKUMOV

Ich unterbreche nicht.

1. GAST

Ich vor allem unterbreche nicht.

2. GAST

Wen?

3. GAST

Man möchte seinen Gesten Freiheit schenken. Sie dort über dieses Dach laufen lassen. Sollen sie drauf herumpoltern. Es ist aus Eisen . . .

4. GAST

Und ich bin immer noch der 4.

OSTROGSKIJ

»Evelyne! Evelyne! Evelyne!« – sagte ich in drei Sprachen. Jede andere von ihnen war härter als die voraufgegangene. War sie es, die mir nicht antwortete, oder jemand anderer? Ich stand, der Höhe war schwindlig vom Kopf . . .

EVELYNE

Sch. Ich lehne mich an diesen Buchstaben.

OSTROGSKIJ

Ich griff mit den Fingern die Luft. Sie war fest, zum Anfassen . . .

MELIK-MELKUMOV

Schauen Sie auf Evelyne!

1. GAST

Ich habe geschaut.

2. GAST

Ich habe nicht geschaut.

3. GAST

Ich habe geschaut!

4. GAST

Ich habe nicht geschaut.

MELIK-MELKUMOV

Gestern war Nacht.

EVELYNE

Er ist seines Schnurrbarts nicht Herr.

1. GAST

Dieses Fenster führt sich merkwürdig auf. Dieses ich führt sich merkwürdig auf.

OSTROGSKIJ

Evelyne, ich habe Sie die ganze Zeit angeschaut, wenn ich Sie nicht anschaute. Sie sind kalt mir gegenüber und blaß.

3. GAST

Ich bin in zweierlei Gestalt: der erste und zweite.

4. GAST

Ludwig IV.

2. GAST

Evelyne, die Nacht, ich. Woran denkt das Wort »plötzlich«?

1. GAST

Ich habe noch 183 Wörter zu leben.

3. GAST

Oder 5 Küsse.

OSTROGSKIJ

Die stramme Haltung der Fenster und die Luft – alles ist so kristallen!

EVELYNE

Merkwürdig, sein Schnurrbart geht seinem Gesicht und seinen Augen um eine Viertelstunde vor.

4. GAST

Ich bin nicht tot. Ich wurde nicht geboren.

OSTROGSKIJ

Evelyne!

1. GAST

Evelyne!

2. GAST

Evelyne!

3. GAST

Evelyne!

4. GAST

E!

EVELYNE

Sein Schnurrbart geht der Dämmerung um eine halbe Stunde vor, was?

OSTROGSKIJ

Das einfachste Rezept zur Herstellung von Pulver: man nehme Schwefel, Kohle und Salpeter – und alles fliegt in die Luft.

1. GAST

Genau so hat er es gemacht.

2. GAST

Genau so hat er auch ich.

3. GAST

Der Zeiger der Uhr zeigt auf mich.

4. GAST

Ich bewaffne mich mit geschliffenen Sekunden wie mit Klingen.

MELIK-MELKUMOV

Bald wird es Tag ... auch in unserer Unterhaltung schimmern schon Wörter. Evelyne, sind Sie so blaß, oder bin ich so spät?

EVELYNE

Wir sind so beide.

OSTROGSKIJ

Zum Kusse trafen sich die Lippen
Ins Eisen kroch die Schamesröte.
Der Wind trug fort die böse Hand
Damit sie leckt im Straßenkehricht

2. GAST

Ich will meine Stimme hören! Wo sind wir?

3. GAST

Sie sind nicht bei bester Stimme.

4. GAST

Wir sind hier.

1. GAST

Stehen Sie nicht so nah von der Uhr! Das würde bedeuten, daß man gestern ist.

2. GAST

Merkwürdig, mein eines Bein ist drei Viertel sieben, mein anderes ist sechzehn vor links! Und ich selbst bin heute.

3. GAST

Was ist daran merkwürdig.

4. GAST

Alles Merkwürdige ist.

MELIK-MELKUMOV

Die Uhr schlägt Mitternacht. Ihr Haar dagegen halb zwei.

1. GAST

Und ich zeige am ganzen Körper verschiedene Zeiten! Lehnen Sie eine Leiter an mich. Ist es Nacht oder Tag? Geben Sie mir eine Laterne!

2. GAST

Auf Ostrogskij ist es vier Uhr. Ich gehe nach.

OSTROGSKIJ

Evelyne, gestatten Sie eine Frage! Ich bestimme die Zeit nach dem Straßenpflaster, nach den Pflastersteinen.

1. GAST

Deshalb hinke ich nach! Die Zeiten sind verschieden!

EVELYNE

Fragen Sie!

2. GAST

Für wen?

OSTROGSKIJ

Ich habe bereits gefragt.

3. GAST

Stolz auf sein Herrennaturell
Sagt einer zu dem andren: »Gehn wir!
Alt ist mein Adel. Zum Duell!
Hurra! Ich bin verwundet! . . . Weh mir . . .«

MELIK-MELKUMOV

Eine dreifenstrige Nacht.

2. GAST

Ich habe mich mit Gott unterhalten. Wenn Sie es nicht glauben, fragen Sie Gott.

3. GAST

Und vor dem Tor versammelt sich
Sein altes seltsames Geschlecht . . .

4. GAST

Schauen Sie – Tasten! Und da ist das Klavier! Ich spiele was. Ich spiele nichts.

3. GAST

Fragen wir Evelyne.

4. GAST

Sie ist nicht da.

1. GAST

Fragen wir ihr nicht da.

OSTROGSKIJ

!

1. GAST

Auf Ostrogskij ist es drei Viertel Schnurrbart.

2. GAST

Was ist das – Fenster oder Morgengrauen?

4. GAST

Die Kälte ist auf mich zugetreten und hat mich umarmt.

MELIK-MELKUMOV

Evelyne, wo sind Sie oder nirgends?

2. GAST

Es ist Nacht, und so dunkel!

3. GAST

Ein verblüffend Dritter!

4. GAST

Hier ruht der 4. Gast.

EVELYNE

Und Evelyne?

4. GAST

Der Ort ist unbekannt.

Fenster

JEMAND

Ein merkwürdiges Jahr! Es war weder Sommer noch Herbst, weder Frühling noch Winter. Was also war? Es war diese Frage.

Und so ging ich an einem Tage dieser Frage aus. Ich ging an einem zweistöckigen Haus vorbei. Ich sah mich um. Sah mich nicht um. 1. Fenster: »Wir schaffen es nicht.« 2. Fenster: »Wen?« 3. Fenster: »Holen wir ihn ein!«

Man öffnete die Tür. Ich klopfte an.

– Guten Tag! Kommen Sie herein! Wer da?

Auf der Schwelle stand Luft. Auf ihrem Gesicht ein merkwürdiges Lächeln. Die Gastgeberin erschien. Ein Gast? Die Luft schwieg. Eine Schramme überzog ihr Gesicht, als ob das möglich wäre. Die Frau erblickte den Gast und die Fenster, die in seinem Rücken standen. Ein Fenster holte aus und verschwand blitzend. Die Gastgeberin sagte:

– Bitte treten Sie näher.

Der Gast stöhnte auf, schwankte und lächelte einzutreten. Seine Beine gehorchten ihm nicht. Die Frau sah an ihm und an allem vorbei.

– Wer sind Sie? – erschauderte sie zu fragen.

An den Wänden hing ein Porträt. Abgebildet war jemand und sein Säbel, dessen Augen blitzten und längst erloschen waren. Der Gast antwortete:

– Wer bin ich.

Sie lud ihn ein, sich in einen der Sessel zu setzen. Sessel waren es zwei, und das eine Porträt. Der Gast saß, blaß von den Fenstern. Seine Blässe übertrug sich auf den Himmel.

Das Fenster übertrug sich auf die Frau. Sie begann, unruhig auf und ab zu gehen:
– Ach, diese Fenster! ... Was ist Ihnen?!
– Gestatten Sie mir ... Es ist schon Tag. Bald wird es Nacht ...
Er begann durchdringend zu schauen. Auch ringsum wurde alles durchdringend.
In lärmender Menge traten die Gäste ein.

1. GAST

Guten Tag! Haben Sie darauf geachtet, was heute für ein morgen ist?

2. GAST

Ich gehe über die Straße und sehe plötzlich, daß ich vergessen habe, aus dem Haus zu gehen. Was sagt man dazu!

3. GAST

Blut hat die Farbe von Blut. Und der Himmel die Farbe von auch.

4. GAST

Merkwürdig sind die Augen gebaut! Wohin man auch blickt – überall sind nur Wände!

CHVIJUZOV

Häuser, von ihren Bewohnern verlassen. Bewohner, von ihren Seelen verlassen.
Die Gastgeberin ist eine Frau von etwa 30, 31, 32, 33 Jahren. Sie stand beinahe unbeweglich.

2. GAST

Man sollte meinen, alles sei bereits gesagt. Aber es gibt auch vieles Nichtgesagte. Also schweigen wir.

GASTGEBERIN

Ein Unbekannter hat sich auf der Straße von mir verabschiedet. Eine Laterne leuchtete, aber ringsum – keine einzige Nacht.

1. GAST

Schauen Sie Chvijuzov an! Er sieht sich selbst nicht ähnlich, er steht unbeweglich, er ist blaß, er ist – er.

2. GAST

Ja, ja, ja!

CHVIJUZOV

Nein, nein, nein. Das ist ein Fehler des Fensters.

3. GAST

Ich sehe weder das eine noch das andere.

4. GAST

Ich sehe eine Frau. Sie geht und hat etwas Glitzerndes in den Augen.

DER UHRMACHER

Ein Bajonett.

DER BAJONETTMACHER

Eine Stunde.

1. GAST

Hören Sie? Auf der Straße Fußgetrappel, Augengetrappel.

2. GAST

Allesgetrappel.

3. GAST

Im Himmel die klingende Sonne.
Kuppeln – golden sechsfach das Echo.

1. GAST

Ich gehe, plötzlich sehe ich: Chvijuzov in seinem Maskeraden-Mantel.

4. GAST

Wer? Was? Wem? Wozu? Wen? Weshalb?

2. GAST

Was ist das? Eine Uhr oder Mittag?

CHVIJUZOV

Hat mich jemand etwas gefragt? Habe ich jemandem zu antworten?

1. GAST

Ein Windzug von Fragezeichen. Sie haben sich zu nahe von den Fenstern gesetzt.

GASTGEBERIN

Chvijuzov schaut die ganze Zeit in den Himmel, denkt die ganze Zeit an den Himmel und schweigt deshalb.

1. GAST

zur Gastgeberin

Sie sind eine merkwürdige Frau. Und merkwürdig sind auch die Fenster. In dem einen ist Mittag, in dem anderen dagegen – anderes.

GASTGEBERIN

Der Himmel?

4. GAST

O Fahnen, deren seidnes Wehen
So blau ist wie der Himmel überm Markt,
Wo man am Kürbiskopf kann sehen,
Wie gern der Händler Vodka mag

2. GAST

Ich weiß nicht, wie Sie, und weiß nicht, wie ich.

3. GAST

Als ich dieses Zimmer betrat, saßen drei am Tisch. Einer von ihnen war der Vierte.

1. GAST

Die Karten spielten Menschen?

3. GAST

Ich blieb im Zweifel stehen, weil ich nicht wußte, wer ich sein sollte: der Fünfte oder der Siebente?

2. GAST

Die Fenster nicht eingerechnet?

4. GAST

Drei Fenster, uns nicht eingerechnet.

3. GAST

Einer von ihnen war Chvijuzov.

1. GAST

Einer von wem?

2. GAST

Unterbrechen Sie mich nicht, ich schweige!

4. GAST

Fünf, das Schweigen nicht eingerechnet.

GASTGEBERIN

Mittag. Mitternacht. Jemandes Gesicht, Augen und er selbst.

1. GAST

Merkwürdig, ich bin nicht Chvijuzov. Es war noch etwas Merkwürdigeres, aber ich habe es vergessen.

3. GAST

Das Spiel war in vollem Gange. Die Fenster traten ein und standen ihnen im Rücken.

1. GAST

Eintrat mit schwerem Schritt das Fenster
Es brachte Gold der Hausfrau dar
Und Schreck im Saal wie vor Gespenstern –
Wohin mit Himmeln die so rar

CHVIJUZOV

Wenn ich hier bin, dann wo?

3. GAST

Ich übernahm die undankbare Rolle des Erzählers und blieb allein.

2. GAST

Wir gingen und kamen zurück. Fahren Sie fort! Hier ist alles unverändert.

4. GAST

Derselbe Chvijuzov, nur ein wenig blasser. Derselbe Blasse, nur ein wenig weniger er.

CHVIJUZOV

Ich höre Stimmen, sehe aber keinen Laut.

GASTGEBERIN

zum 1. Gast

Bitte einen Vierzeiler!

1. GAST

Schau! dort die Ahorngarnison
Mit goldenem Kanonenfeuer.
Die Lippen preßt der Horizont
Zusammen zur Gebete Leier

3. GAST

Ich fahre fort: sie traten ein und standen auf...

2. GAST

Sie fahren fort: sie traten ein und standen auf.

4. GAST

Gestatten Sie, daß ich mich vorstelle! Ich weiß meinen Namen nicht.

1. GAST

Sie wissen nicht, Sie fahren nicht fort, Sie unterbrechen nicht. 4mal »nicht«.

3. GAST

Einige Worte über das Kartenspiel. Die vier Spielfarben der Fenster. Das Kreuz-Fenster. Der Himmel: Pique.

1. GAST

Wo ist Chvijuzov. Eben war er nicht da!

CHVIJUZOV

Vier Spielfarben meiner selbst. Gezinkte Fenster. Ich bin hier. Schauen Sie aufmerksamer her!

GASTGEBERIN

Ja, er ist es. Seine Stimme, sein Schweigen.

3. GAST

Seine Fenster. Aber, ich fahre fort . . .

2. GAST

Fahren Sie fort!

1. GAST

Er hat recht!

4. GAST

Er hat recht!

GASTGEBERIN

E.h.r.!

3. GAST

Chvijuzov teilte aus. Ich begegnete seinem Blick. Wir schauten schweigend zu, wie sich unsere Schicksale kreuzten.

4. GAST

Was ist das? Ich bin ebenfalls blaß! Hier ist keine Seele, keine Stunde!

2. GAST

Halt! Hier sind Fenster. Jetzt sind Sie an der Reihe zu sein.

1. GAST

Die Stiefel klirrten hell mit ihren Sporen
Wie Silber das dem Schweigen Streit geschworen.
Er dachte an den Ball, die Fürstin und an ihn,
Ins Nichts wollt seine Finger er verkrallen,
Verkrampft im Denken bis ins Weiß, um hin
Den Spiegeln mit den Augen ins Gesicht zu fallen

3. GAST

Irgendwie entriß sich meiner Zunge der Ausruf »Herrgott!« Und was hätten Sie gedacht?

4. GAST

Hat der andere darauf geantwortet?

2. GAST

Nr. 7?

GASTGEBERIN

Sie wollen sagen: die Fenster waren?

1. GAST

Er will sagen!

2. GAST

Lassen Sie ihn sagen!

4. GAST

Lassen Sie mir mich!

CHVIJUZOV

Was für eine dichte Stunde!

3. GAST

Diese Frau – ich habe ihren Namen vergessen, und der Name hat mich vergessen.

4. GAST

Was halten Sie von diesem neuen Brauch der alten Römer – die Fenster hinzurichten?

GASTGEBERIN

Schauen Sie, wir sind blaß geworden! Er auch.

1. GAST

Als ich auf mein Spiegelbild in der Uhr zutrat, sah ich: meine Nase war auf halb sechs vorgerückt, mein Auge erblindet, meine Seele dagegen war – ewig.

2. GAST

Woher also diese Blässe? Etwa von diesem unschuldigen Scherz? Ich bitte Sie alle, sich wieder mit Wangenröte zu bedecken!

GASTGEBERIN

Gestatten Sie, daß ich Ihnen allen Tee anbiete!

ALLE

Mit Vergnügen! Mit Vergnügen! Mit Vergnügen! Mit Ver!

1. GAST

Tee hat die Farbe und den Geschmack der Nacht.

2. GAST

Fenster haben die Farbe und die Nacht des Tees.

3. GAST

Tee ist der nächtliche Mittag, dichte Fenster, Blut von der Farbe seiner selbst.

4. GAST

Vorsicht! Sie zerbrechen die Nacht! Sie haben Tee in den Händen! Sonst gibt es Scherben und ...

CHVIJUZOV

Mich beschäftigt, daß gerade Mittag ist.

GASTGEBERIN

Ihn beschäftigt, daß er blaß und unbeweglich ist.

1. GAST

Tee ist »das ist es« – nach der geglückten Formulierung von P. G. Ostrogskij.

2. GAST

Sie kannten ihn? Sie kannten ihn nicht?

1. GAST

Ja. Nein. Ja. Nein.

4. GAST

Und Fürst Ostrogskij trat heran
Ein Schwert das aus der Scheide fährt
So strahlend scharf so straff und stramm
Die Kugeln oft er pfeifen hört

3. GAST

Diese Frau hat ihn gekannt. Ihr Name? Ich habe die erste Ziffer vergessen.

4. GAST

3. Gast und 4. Gast = 7. Gast.

GASTGEBERIN

zu Chvijuzov

Sie schweigen, aber Ihre Augen nicht.

3. GAST

Der Tag hat sich hinter die Ecke dieser Ziffer zurückgezogen.

4. GAST

Was?

2. GAST

Die gelbe Farbe ihrer Fesseln
Deckt meiner Ecke Schnitt

1. GAST

Und was ist mit den Fenstern, sind sie immer noch in seinem Rücken? Und was ist mit der Frau, ist sie immer noch wer?

2. GAST

Uns erwartet die Antwort.

4. GAST

Ich habe die erste Ziffer des Schicksals vergessen.

GASTGEBERIN

Ach, schauen Sie doch auf das Zifferblatt! Was für eine überraschende Stunde die Zeiger anzeigen!

CHVIJUZOV

Nein, das sind nicht sie. Sie selbst ist an den Zeiger gestoßen, diese Stunde. Und ist wie wahnsinnig hinzugestürzt . . .

3. GAST

Er ist bla . . .

4. GAST

Er ist bla . . .

1. GAST

Er ist blaß!

2. GAST

Uns erwartet uns.

3. GAST

Vierzehn – das ist wieviel?

1. GAST

Das ist gestern.

2. GAST

Das ist mehr.

3. GAST

Weniger als was?

GASTGEBERIN

Hören Sie, was Ihr Spiegelbild im Spiegel dazu sagt!

3. GAST

Mir ist diese Ziffer wieder eingefallen! Es hat sie nicht gegeben!

2. GAST

schaut in den Spiegel

Unsere Gesichter sind entschlossen, unsere Gesten – unsere.

CHVIJUZOV

Der Spiegel halluziniert.

3. GAST

Das Spiel bestand in Folgendem: einer gewinnt, die übrigen – ja.

GASTGEBERIN

Sehen Sie! Die Fenster kommen hierher!

1. GAST

Und wo ist Chvijuzov?

2. GAST

Frageziffer 3.

Spiegelbilder

PERMJAKOV

Guten Tag! Ich habe heute noch niemanden begrüßt. Auch gestern nicht, auch nicht morgen.

SERGEEV

In dieser Hinsicht sind Sie das genaue Gegenteil einer Frau, die mich gestern mit jemandem besuchen kam, wie wir später aufklärten – mit niemandem.

EKATERINA VASILJEVNA

Ich bin bezaubert von Ihrer Art zu sprechen und von Ihrer Art zu schweigen, und vieles andere. Aber beantworten Sie mir bitte eine Frage.

SERGEEV

Bitte. Ich antworte.

EKATERINA VASILJEVNA

Ich danke Ihnen! Das ist verblüffend!

PERMJAKOV

Ein guter Romananfang: »Eine namenlose Laterne erhellte die nächtliche Gasse.«

EKATERINA VASILJEVNA

Sie schreiben? Das ist eine Überraschung für alle, die Sie nicht kennen!

SERGEEV

Ich wußte es, ich hatte immer den Verdacht. Ich bin von Natur mißtrauisch.

EKATERINA VASILJEVNA

vorwurfsvoll

So gehen Sie mit Schriftstellern um!

SERGEEV

Nach den Militärs sind mir am unangenehmsten die Zivilisten.

PERMJAKOV

Hier stehe ich vor Ihnen, vor mir.

EKATERINA VASILJEVNA

Was für trübsinnige Gespräche! Sie sind noch schlimmer als das Schweigen, und es gibt bekanntlich nichts Schlimmeres als Schweigen. Trinken wir lieber Tee! . . . Da ist ja auch meine Tochter, Liza. Machen Sie sich bitte miteinander bekannt!

LIZA

Ich bin Liza, Liza, Liza!

SERGEEV

Ich bin ich, ich bin ich, ich bin ich!

PERMJAKOV

Permjakov!

LIZA

Sagen Sie, sind Sie bewaffnet?

SERGEEV

Sollten Sie das Teleskop im Auge haben, so sind wir nicht unbewaffnet.

LIZA

Ach nein, nein! Ich habe etwas ganz anderes im Auge.

PERMJAKOV

Mein Gott! Als ich auf diese Uhr schaute, habe ich mich nicht wiedererkannt! Noch nie hatte ich einen so unheilverkündenden Gesichtsausdruck, so eine Mitternacht!

SERGEEV

Wirklich, noch nie.

EKATERINA VASILJEVNA

Ach, Ihre Scherze haben immer so einen vollendeten Griff! Sie verletzen oft . . .

LIZA

Was für merkwürdige Gäste! Vor allem der andere.

SERGEEV

Ich war so verlegen! Wirklich, ich habe dem Dienstmädchen zuflüstern wollen: Liebste, hängen Sie die Scham der Spiegel auf!

PERMJAKOV

zu Liza

Und warum haben Sie nach Waffen gefragt?? Zwei Fragezeichen.

LIZA

Erstens, weil Mitternacht war. Und zweitens, weil Sie es waren.

EKATERINA VASILJEVNA

Und nur drittens war nichts . . . Nicht wahr, sie ist schon ganz erwachsen? Nicht wahr, sie ist schon ganz erwa?

SERGEEV

Erlauben Sie mir, beiseite zu sprechen. *Beiseite.* Sie ist einfach reizend!

EKATERINA VASILJEVNA

Liza, trag uns bitte etwas vor!

LIZA

Furchtbar ist der Fürst verliebt
Mit dem Arm den Himmel fort er stößt
Schweigt von Türmen wo er Wache schiebt
Wo der Wind nur dunkle Gläser bläst.
Von weißer Spitze ist sein Kragen
Sein Federhut flog fort ins All
Als er den Kopf gebeugt sich reckte
Und seine Stimme fest war wie Metall.
Der Winkel Braue Nasenbein
Der Degen schmerzhaft schlank und fein.
Er stand in Stiefeln nur die Nacht ist schwärzer
Den Sporen glückte jeder ihrer Scherze
Die langen Haare nicht geschnitten
Und hell klingt ihrer Stunde Zahl
Die Brauen mit der strengen Mitte
Seines Gesichts mit Augen voller Stahl

PERMJAKOV

nach einer Pause

Die Nacht, 16 Verse und ich, Permjakov.

EKATERINA VASILJEVNA

Und was sagen Sie nun? Ich habe die ganze Zeit Ihr Gesicht im Spiegel betrachtet. Keine einzige Ihrer Brauen ist mir entschlüpft.

SERGEEV

Zu Spiegeln habe ich kein Vertrauen. Immer scheine ich sie zu durchschauen, und immer bin ich am Ende der Dumme.

EKATERINA VASILJEVNA

Der Tee träumt mit dem vernebelten Blick chinesischer Augen . . . Liza, schenk den Gästen nach!

PERMJAKOV

Ja, Sie haben wohl recht. Diesen unabhängigen Blick, dieses hochmütige Ich haben mir die Spiegel geliehen.

EKATERINA VASILJEVNA

Von dem Wort Leihhaus?

SERGEEV

Zweikampf zwischen Frau und Spiegel, zwischen mir und meinem Gläubiger.

LIZA

Merkwürdig, ich habe zwei Spiegelbilder kennengelernt.

EKATERINA VASILJEVNA

Der Gast unserer Fenster ist die Nacht.

LIZA

Er sprach mich an, nannte mich Liza . . . Oder schien ihm das nur so?

SERGEEV

Merkwürdiges Mädchen! Es kann frech sein, kann schüchtern sein und kann nicht sein.

PERMJAKOV

Beide sind blaß . . . Aber das ist ein schlechtes Thema zum Schweigen.

EKATERINA VASILJEVNA

Bitte, ein paar Verse!

PERMJAKOV

Plötzlich eine Kutsche dröhnte
Daß das Straßenpflaster stöhnte
Hin stürzen Fenster Gäste Saal:
Sahn die Kutsche sahn die Rappen
Und die Gräfin sah das Wappen –
Es war der blaue Hasdrubal
Er fuhr weiter in Gedanken
Er sah keine der Gestalten!
Eine Wolke schwamm vorüber
Eine Stirn in Sorgenfalten

DIE UHR

Bam! Bam! Bam! Bam! Bam! Bam! Bam! Bam! Bam! Bam! Bam! Bam!

ALLE

12!

PERMJAKOV
bestürzt

Wo ist Sergeev?!

SERGEEV

Wo sind Permjakov und ich?

LIZA

Wo sind sie?!

Alles verschwindet in der dichter gewordenen Finsternis. Eine lange Pause tritt ein. Schließlich:

EKATERINA VASILJEVNA

Wie merkwürdig es sich atmet!

LIZA

Jahre, Jahrhunderte sind vergangen und . . . zurückgekehrt. *Pause.* Sehen Sie! Da kommen sie!

SERGEEV

Guten Tag! So viele Jahre sind vergangen, aber hier hat sich nichts verändert. Alles ist wie früher unerkennbar.

PERMJAKOV

Guten Tag! Guten Tag! Ich bin geradezu verblüfft über die Veränderungen, die nicht in uns stattgefunden haben.

LIZA

Wieviel Stille Sie mitbringen! Und wieviel Nacht!

SERGEEV

Wenn man einem Spiegel einen Toten vorhält, stirbt er . . . Verzeihen Sie, ich komme anscheinend ungelegen . . .

LIZA

Nein, wo denken Sie hin! Im Gegenteil! Wir sind es, die Sie ungelegen gehört haben.

EKATERINA VASILJEVNA

Zu Schweigsamen bin ich schweigsam, zu Gesprächigen gesprächig, zu Gespenstern bin ich nicht.

LIZA

beiseite

Für Gespenster sind sie zu durchsichtig.

PERMJAKOV

Manchmal scheint mir, ich bin nicht der, für den er sich ausgibt.

EKATERINA VASILJEVNA

Er ist so blaß, daß die Zahlen der Uhr noch schwärzer und noch unheilverkündender erscheinen.

PERMJAKOV

Er ist so schweigsam, daß alles, was ist, zu erscheinen beginnt.

LIZA

Nicht umsonst ist Mitternacht. 12 ist eine verkündende Stunde. Beide Zeiger zeigen auf Gott.

PERMJAKOV

Und man weiß einfach nicht, was man sein soll – unglücklich oder noch unglücklicher.

EKATERINA VASILJEVNA

Tiefe Decolletés entblößten ihre rosigen Seelen. Ich meine

die Figürchen der Hofdamen, die zusammen mit dem König aus alten Uhren hervortraten.

LIZA

Sagen Sie, sind Sie nicht verschwunden, oder sind Sie nicht erschienen?

PERMJAKOV

Ich habe mich lange bemüht zu begreifen, was wirklich geschehen ist. Schließlich habe ich nichts begriffen und mich damit abgefunden.

SERGEEV

Er sagte zu mir: »Seien Sie glücklich!« – so als habe er ein Porträt von mir malen wollen.

LIZA

Mit wem spricht er da? Wenn mit sich selbst, dann gibt es ihn nicht.

PERMJAKOV

Mein Spiegelbild im Spiegel ist nicht meins.

LIZA

Ihr Spiegelbild in der Uhr ist kühner als das im Spiegel.

EKATERINA VASILJEVNA

Ja, und es hat Ähnlichkeit mit einem Ritter. Und der Zeiger schützt die Nasenwurzel wie die Stahlplatte, die an den Helmen befestigt war.

SERGEEV

Eine merkwürdige Architektur: Gitter nicht vor den Fenstern, sondern direkt vor den Gesichtern.

EKATERINA VASILJEVNA

Visiere vor den Gesichtern? Wovon redet er? Wie merkwürdig er ist! Wie wir!

LIZA

Er ist noch weiter von uns als wir von ihm.

PERMJAKOV

Ich träume im Wachzustand, was ich schon im Traum geträumt habe.

EKATERINA VASILJEVNA

Der Spiegel im Wachzustand, und wir sind nicht da. Genauer: wir sind nicht da, wohl aber der Spiegel.

LIZA

Was reden sie da?! Die Uhrzeiger stehen auf Wahnsinn!

PERMJAKOV

Mir geschieht etwas Amüsantes. Ich erzähle es Ihnen später.

EKATERINA VASILJEVNA

Wirklich, wir sollten lieber von etwas Amüsanterem reden! Ich liebe Geschichten, in denen es Nacht ist, mit unbewohnten Fenstern, Strahlen des bestochenen Mondes . . .

LIZA

Und ein Gespenst erscheint, das man weder töten noch verwunden, sondern nur mit schlechten Versen ermüden kann.

SERGEEV

Bin ich das?

EKATERINA VASILJEVNA

Auf Schweigen antworten wir mit Schweigen.

Trinkspruch

1. GAST

Wer sitzt dort, rechts?

2. GAST

Ich weiß nicht, ich kenne ihn nicht. Sie auch nicht?

1. GAST

Nein.

2. GAST

Wer kann das sein? Er ist in Gedanken versunken und schaut am Fenster vorbei.

1. GAST

Und so blaß! Fragen wir den 3. Gast.

2. GAST

Fragen wir ihn.

3. GAST

Wer das ist? Der 6. Gast.

1. GAST

Aber es sind doch nur 5 Gäste da!

3. GAST

Deshalb ist er in Gedanken versunken und blaß.

1. GAST

Und die Gastgeberin?

3. GAST

Sie kennt ihn.

2. GAST

Sie kennt ihn nicht.

4. GAST

Sie sind beide im Recht.

3. GAST

Nein, wir sind nur wir beide.

4. GAST

Während Sie hier streiten, hat sich vielcs verändert. Jetzt schaut nicht nur er am Fenster vorbei, und er schaut nicht nur am Fenster vorbei.

1. GAST

Und wir sind immer noch wir oder nicht mehr nur wir?

4. GAST

Das weiß die Gastgeberin.

GASTGEBERIN

Schauen wir auf das Zifferblatt der Uhr, und alles wird Ihnen klar.

3. GAST

Drei Viertel sechs.

4. GAST

Sieben vor Acht.

1. GAST

Meiner Ansicht nach ist es mehr als vor.

2. GAST

Meiner Ansicht nach ist es genau vor.

1. GAST

Fragen wir den 6. Gast.

GASTGEBERIN

Bitte fragen Sie ihn nicht! Das ist nicht er.

2. GAST

Fragen wir den 6. Gast.

GASTGEBERIN

Fragen Sie ihn bitte nicht! Er ist ohnehin schon er.

3. GAST

Fragen wir den 6. Gast.

GASTGEBERIN

Ich bitte Sie flehentlich, sehen Sie ihn an! Und fragen Sie nicht.

4. GAST

Fragen wir den 6. Gast.

GASTGEBERIN

Fragen Sie ihn nicht! Da schlägt schon die Uhr . . .

DIE UHR

Bam! Bam! Bam! Bam! Bam! Bam! Bam!

DIE GÄSTE

Wieviel? Wie spät?!

GASTGEBERIN

Wie?! Haben Sie nicht verstanden? Schauen Sie, die Fenster werden von selbst dunkel, als sei der Abend angebrochen.

1. GAST

Einmal ging ich nachts durch eine unbeleuchtete Gasse. Sie wurde vom Mond erhellt.

2. GAST

Mir entgegen kam ein Fenster, aber ich war so in Gedanken, daß ich es erst bemerkte, als ich hindurchgegangen war.

3. GAST

So wie die Nacht durch ein Gespenst hindurchgeht.

4. GAST

Der 6. Gast? Das 6. Gespenst?

1. GAST

Der 1. bin nicht ich.

3. GAST

Und währenddessen wurde er vor lauter Dunkelheit beinahe unsichtbar. Zu sehen war nur, daß er nicht da war.

2. GAST

Die Fenster gehen der Nacht voraus! Was wird werden?

GASTGEBERIN

Betrachten Sie Ihr Spiegelbild in der Uhr! – Sie werden Ihr Schicksal sehen, auf die Sekunde genau.

4. GAST

Keine leichte Prüfung.

2. GAST

Ein hartes Schicksal und ein willensstarkes Kinn.

3. GAST

12 Ziffern auf dem Zifferblatt. Eine von ihnen ist meine.

1. GAST

Eine Finsternis, daß ich mich nur an meiner Stimme finde.

4. GAST

Eine Stimme.

2. GAST

Sehen Sie, unsere Gastgeberin bringt eine Kerze! Und was ist mit der Lampe?

3. GAST

Ein stiller Wahnsinn.

4. GAST

So still, daß man die Sekunden unseres Schicksals hört.

3. GAST

Sie wollen sie hören? Der 6. Gast hat die ganze Zeit keinen einzigen Laut fallen lassen.

1. GAST

Nicht genug, daß er nicht da ist, er schweigt auch noch.

2. GAST

Nicht genug, daß wir da sind, wir sind auch noch wer?

3. GAST

Wir sind kühne Spiegelbilder in der Uhr.

4. GAST

Wir sind Gäste unserer Gastgeberin. Wir sind Gäste unseres Schicksals.

1. GAST

Und er?

2. GAST

Das einzige und sechste Gespenst.

3. GAST

Es genügt ein Blick auf die Kerzen und die Gastgeberin.

1. GAST

Und was für einen Blick er hat! Haben Sie schon einmal eine stehengebliebene Uhr gesehen?

4. GAST

Er sucht sein Spiegelbild in ihr.

GASTGEBERIN

Er ist zusammengezuckt! Die Luft hat sich am Glas geschnitten . . .

2. GAST

Oh, das ist das 6. Schweigen!

4. GAST

Epitaph oder Trinkspruch?

Regen

OLGA

So, jetzt sind wir allein.

LEVICKIJ

Allein, aber nicht jetzt. Schau!

DER BUCHHALTER

Wo bin ich? Etwa in der Mjasnickaja? Oder etwa nicht in der Mjasnickaja?

OLGA

Sie haben zweimal recht.

BUCHHALTER

Ja? Darum bin ich ja auch Buchhalter. Hmja ... Eben gehe ich, und mir entgegen kommt – ein Buchbinder. Genauer: ich ihm entgegen, während er kommt. Was, denke ich, ist das? Wie sich erwies, war es etwas ganz anderes ... Also, leben Sie wohl! Ich sehe Ihren Gesichtern an, es sind nicht die Ihren. Leben Sie wohl! ...

OLGA

Endlich sind wir allein. Sag mir irgend etwas.

LEVICKIJ

Also gut – neulich habe ich so eine merkwürdige Zahl gesehen! Nicht 27 und nicht 653011,9 – sondern eine ganz andere.

OLGA

155?

LEVICKIJ

Ja, ich glaube, nein.

OLGA

Gehen wir von hier fort! Hier wird es bald regnen . . . Fahr fort!

LEVICKIJ

Der Steine herbstlich Platte wirft
Dem Tag den Fehdehandschuh hin
Der Regen regt die Lippen blätternd
In den Annalen der Gesimse

1. PASSANT

Es gibt zwei Arten von Regen. Der dritte ist Tod durch Blitzschlag. Dein eigenes Fenster ist dein Mörder!

2. PASSANT

Wer sind die beiden? Wissen Sie es nicht? Ich habe sie gefragt, aber sie wissen es nicht.

1. PASSANT

Nein, so was! Das Fenster spiegelt Sie in Ihrem Rücken! Sie liegen da als lebloser Leichnam, und es schaut sie an . . . Was sagten Sie?

2. PASSANT

Ich sagte, so etwas geschieht auf Schritt und Tritt. Im Wachzustand wie im Traum wie im. Einmal hat der Spiegel mir beim Rasieren eine Anspielung gemacht, daß ich stehenblieb, wie ich war – mit dem Rasiermesser und mit der Kehle.

OLGA

Da spielt schon der erste Sonnenstrahl auf den Ruinen des Regens! Aber wer sind Sie?

2. PASSANT

Ich bin der 2. Passant. Gestatten Sie, daß ich mich Ihnen und Ihrem Begleiter vorstelle.

LEVICKIJ

Oder es geschieht, daß die Uhrzeiger hartnäckig eine unbewegliche Stunde anzeigen.

OLGA

Oder es geschieht, daß Nacht ist.

1. PASSANT

Die ganze Stadt glänzt! Der Regen hat aufgehört, diesmal ist es ohne Opfer abgegangen. Auf meinem Gesicht liegt offenbar ein Lächeln?

2. PASSANT

Ja, wie durch ein Wunder ist es nicht abgewaschen worden.

OLGA

Eine merkwürdige Straße! Kein einziger Baum, und alle stehen nackt und ohne Laub, dabei ist Hochsommer.

LEVICKIJ

Ich wollte etwas sagen . . . Ich will etwas sagen . . .

BUCHBINDER

stürzt herzu

Gratulieren Sie mir!

ALLE

Wir gratulieren! Wir gratulieren!

BUCHBINDER

Nein nein, dazu nicht! Ich gehe heute auf dem Nachhauseweg die Straße entlang, plötzlich sehe ich: anstelle meines Hauses steht da genau so eins!

1. PASSANT

Und an Ihrer Stelle – Sie?

BUCHBINDER

Ich wäre an meiner Stelle beinahe versteinert, und Sie scherzen! Ich stieg in meine Wohnung hinauf, und dort sofort – an die Uhr. Ich sehe in mein Spiegelbild: auf meinem Gesicht – mittägliches Entsetzen! . . .

2. PASSANT

Mir ist einmal kein geringerer Fall widerfahren. Ich holte einen Laternenpfahl ein, und plötzlich sehe ich: die Laterne ging weiter, während ich an ihrer Stelle stehenblieb. Und so stehe ich seitdem dort, während sich mit Ihnen gerade eine Laterne unterhält.

1. PASSANT

Mir sind ebenfalls zwei Dinge widerfahren, und beide nicht mir.

2. PASSANT

Ich bin so voller Entschlußkraft, ich bin immer so von mir überzeugt, daß ich mich gar nicht im Spiegel zu betrachten brauche – ich würde sowieso nichts Ähnliches erblikken.

BUCHBINDER

Ein genaues Porträt meiner selbst bis zum heutigen Tag! Aber heute ist alles umgekehrt: mal fürchte ich mich vor der Dunkelheit, mal fürchte ich mich, umgekehrt, vor beidem.

2. PASSANT

Und diese beiden, wohin sind sie verschwunden?

1. PASSANT

Vielleicht sind sie zurückgegangen unter den Regen?

2. PASSANT

Mir scheint, ich sehe sie. Sie leben in verschiedenen Zeiten, nicht gleichzeitig. Daher alle ihre Inkongruenzen und Übereinstimmungen.

BUCHBINDER

Ich sage Ihnen als Buchbinder, am meisten hasse ich die Farben Schwarz und Weiß, denn die verwechselt man am leichtesten.

1. PASSANT

Sehen Sie, Wolken! Der Regen kommt anscheinend zurück.

2. PASSANT

Und diese beiden auch?

OLGA

Hörst du, was sie reden?

LEVICKIJ

Nein, es flimmert mir vor den Augen . . .

BUCHBINDER

erscheint

Nein, schauen Sie ihn nur an! Wie blaß er ist! Ich habe ihn von der Seite beobachtet. Wie halblebendig! Gott bewahre, daß man ihn jetzt vor die Uhr führt. Was er in ihr sehen würde! – drei Viertel Ende!

2. PASSANT

Von wem spricht er? Unter uns ist niemand! Es ist ein Fehler!

OLGA

Laß uns gehen! Wir sind nicht hier.

BUCHBINDER

Sie gehen weg!

LEVICKIJ

Nicht hier und nicht gewesen.

2. PASSANT

Niemand geht weg. Ich weiß es. Ich bin selbst lange Zeit niemand gewesen.

1. PASSANT

Merkwürdig hat der Tag angefangen! Jetzt wird er nicht mehr enden.

Himmelskörper

DER AKROBAT
tritt auf

Es lebe einer von uns!

DIE ANDEREN

Wer? Wer denn?

AKROBAT

Ich weiß nicht. Leben Sie wohl!

KUNSTREITERIN

Und wie das – »Es lebe«?

CLOWN

Was, haben wir umsonst geschwiegen?

AKROBAT

Nicht umsonst, nicht es lebe. Was sonst noch?

KUNSTREITERIN

Sagen Sie uns einen Vierzeiler!

AKROBAT

Dem Trauerfisch es still enttropft
Ein leises Weinen, Schuppenregen
Was taugt ein Henker ohne Kopf
Granitrumpf Scholle ohne Leben

Leben Sie wohl!

CLOWN

Das sagten Sie bereits, so daß Sie jetzt auch bleiben können. Bleiben Sie stehen, erstarren Sie in aufrechter Verbeugung.

AKROBAT

Nein, ich kann nicht. Meine Wirbelsäule widersetzt sich meinem Lakaientum. Ich gehe lieber, oder bleibe lieber.

CLOWN

Er ist ein Wahnsinniger. Und wir sind Wahnsinnige.

KUNSTREITERIN

Man sagt, der Wahnsinn könne durch Spiegel übertragen werden. Du schaust dich an, und vor dir hat sich wer weiß wer angeschaut. Und schon wirst du verrückt, fängst an auf und ab zu gehen und laut zu murmeln.

AKROBAT

Ich gehe laut. Ich murmle mich selbst. Ich habe drei Größen: groß, mittel und meine. Ich bin nicht tot, ich lebe vermißt.

KUNSTREITERIN

Was sagt er da? Ich höre nichts, ich sehe nur: sinnlose Sätze.

CLOWN

zum Akrobaten

Ich gebe Ihnen einen Rat: die Zukunftsform des Zeitworts »geben«. Sie sind jung, in Ihrem Gesicht widerstreiten und siegen Aufschwünge. Die einen kämpfen, die anderen siegen. Die schroffen Wände der Häuser berühren die Luft.

Die Zahl 190 kann alles mögliche bedeuten, sogar die Anzahl der gestillten Dürste.

KUNSTREITERIN

Fügen Sie dem meine Entschlossenheit und Unentschlossenheit hinzu. Ich bin immer einer Liebe treu, untreu dagegen dreien.

AKROBAT

Ich habe heute so viel gelogen, daß ich müde bin wie ein junger Hund. Wenn Sie wollen – glauben Sie es, wenn nicht – glauben Sie es. Weibliche Schönheit hat mich einst gefesselt, anders lag der Fall gestern. Ich stand zwischen Schimpferei und Gezänk auf der Straße, ohne zu wissen, wohin ich mein verzweifeltes Gähnen wenden sollte, plötzlich sehe ich: niemand ist da, und gar nicht weit davon entfernt – eine Frau. Ihre Schönheit war wie beste Stahlsorten. Ich fing an zu miauen, andere Laute zu Hilfe rufend, aber ich konnte nur verstummen. Ihre Wimpern bogen den Himmel. Ich versteinerte, und die Steine unter meinen Füßen atmeten wie lebendig. Sie verschwand, und ich blieb um zu bleiben.

CLOWN

Dummkopf. In Wirklichkeit ist das anders. Ob Schlinge oder Schlips ist unwichtig. Auf den Hals kommt es an. Ihre Krämpfe können wir nicht brauchen. Sie haben nicht aufgehört, die eine zu lieben, und sich schon in eine andere verliebt.

KUNSTREITERIN

Mich haben Sie nicht aufgehört, und sie lieben Sie schon.

AKROBAT

Sie ist die andere. Die Zahl 192 kann die Größe eines Grabes bedeuten.

CLOWN

Sie haben sich in die Kunstreiterin verliebt, das ist Ihr gutes Recht. Dieser Regen ist staatlich. Sein metallischer Klang bezeichnet geheime Dächer. Vorwärts! Die Straßen haben sich geleert, aus Angst vor der Menge. Ihre Gefühle verraten Ihr Gesicht. Es erweist sich, Sie sind – eiS. Metall und Pflasterstein klingen aneinander. Also, nur Mut! Die Schlinge wartet nicht!

KUNSTREITERIN

O meine Schönheit! O Drahtrippen des Regens! Er hat aufgehört, meine Krämpfe zu lieben! Nein, die Verzweiflung muß besiegt werden, sonst welkt sie dahin . . . Drehen Sie sich bitte um! Ich werde gleich einige zielgerichtete Gymnastikübungen machen.

CLOWN

Umgedreht habe ich mich schon gestern. Ihr Ziel ist heilig. Hier sind sogar Wände, die müssen das Gleichgewicht wahren, sonst – stürzt alles zusammen. *Zum Akrobaten.* Und Sie schweigen die ganze Zeit? Denken Sie an etwas, oder trauern Sie um etwas?

AKROBAT

Im Zentrum die Trauer, drum herum – Gedanken. Stählerne Trauer – haben Sie von so einer schon gehört?

KUNSTREITERIN

Ach, jetzt zittere ich am ganzen Körper! Ich habe neulich in einen Spiegel geschaut – er zittert heute noch . . .

Schauen Sie, wie regelmäßig tief meine Atemzüge sind, wie federnd fest mein Blick! Manchmal bin ich so leicht zu beleidigen wie ein Kind. Meine Wimpern sind parallel zum Metall gebogen.

AKROBAT

Mir drückt dieser Regen auf die Schultern . . . Was sagten Sie?

KUNSTREITERIN

Mich reißt dieser Regen in den Schultern . . . Was sagten Sie?

CLOWN

Sie beide führen sich auf wie Kinder. Ich dagegen führe Sie auf wie ich. Hören Sie noch eine erste Anweisung. 1. Das Alter des Regens und seine grauen Haare, 2. Militärkommando und Vermessung der Tiefe des Blicks. 197 ist die Tiefe des Todes.

KUNSTREITERIN

Und meine Schönheit? Die Augen, so groß, daß sich in ihnen die Kälte in ganzer Größe aufrichten kann. Wollen Sie, daß ich sie den Plätzen der Stadt schenke? Sollen sie glitzern! Und der stolze Gang der Kunstreiterin? Stählerne Zehenspitzen. Durch sie spüre ich die ganze Welt wie die Kruppe eines springenden Pferdes. Ich mag keine Spiegel, ich will mich in poliertem Stahl betrachten. Versuchen Sie, hier die Tiefe zu vermessen!

CLOWN

Meine Bemühungen waren nicht umsonst. Sie waren nicht umsonst. Bittesehr, ich ziehe eine Augenbraue hoch zum Zeichen des Erstaunens. *Er zieht sie hoch, dann an den*

Akrobaten gewandt. Sie wollen das Erstaunen nicht hochziehen?

AKROBAT

Zum Zeichen der Augenbraue?

CLOWN

Nehmen Sie sich in die Hand. Sie sind das Echo eines fernen Wahnsinns, Ihre Stimme . . . Jetzt werde ich mit Schweigen auf Sie einwirken, genauer – mit zweien.

KUNSTREITERIN

Er denkt an die andere und vergißt, daß ich unvergeßlich bin. Meine Blicke vollführen militärische Übungen, glitzernd wie Stahl. Liebe von graublauer Farbe und biegsame Wimpern. Und er ist gefesselt wie ein Deserteur.

AKROBAT

Ich war gefesselt vom Glas eines Schaufensters, aber ich gab mir den Anschein, als würde ich mich nicht erkennen. Einige Male umringte mich ein mit Steinen gepflasterter Platz. Unwillkürlich kroch der Himmel von den Dächern.

CLOWN

Sie sind ein gefährlicher Casanova, eine Gefahr für sich selbst. Unter Ihrer vorgetäuschten Verzweiflung erkenne ich echte Verzweiflung . . . Ich gefriere vor eigener Gerechtigkeit. Das Ausrufezeichen ist angefroren an das Wort »Leben Sie wohl«!

KUNSTREITERIN

Kein Wunder – bei so einem Wind und so einer Kreuzung der Kräfte.

AKROBAT

Ich habe mein Gesicht versteinern und weggehen lassen. Jetzt kann ich mich nicht finden inmitten dieser Häuser.

KUNSTREITERIN

Meine Schönheit hat es schwer mit meiner Kälte, ich dagegen nicht.

AKROBAT

Ich bin zu allem bereit, außer zum Wahnsinn . . . Wahnsinn ist zu allem bereit, außer zu mir . . . Dieser Himmel ist sehr unbeständig, stellen wir uns unter einen anderen.

CLOWN

zum Akrobaten

Ihre Leidenschaften haben sich gelegt, Ihr Gesicht kehrt bald zu Ihnen zurück. Es gibt mehrere Arten von Verzweiflung, Sie haben sie gemieden.

KUNSTREITERIN

Ich dagegen stehe ganz in der Gewalt meiner Übungen. Die klare Linie des Körpers, das kalte Ziel und die biegsamen Ruten des Regens. Schon fange ich auf mir die gierigen Blicke der Luft.

CLOWN

Ja, ich sehe auf seinem Gesicht die frühen Falten des Herbstes.

KUNSTREITERIN

Und auf den Lippen – ein Halblächeln, ein Halbnein.

CLOWN

Haben Sie einmal vom Brauch der alten Salvadorianer gehört, die einem Verstorbenen auch dessen Waffen ins Grab legten, Zaumzeug und Sattel sowie die Stunde, zu der er gestorben oder umgekommen ist?

KUNSTREITERIN

In Ihrer Frage hat etwas geblitzt. 199 ist keine schlechte Zahl für die Unsterblichkeit.

CLOWN

zum Akrobaten

Und Sie – woran denken Sie? Alle Ihre Gesichtszüge sind unbeweglich-vertikal. Was warnt mich und andere.

KUNSTREITERIN

Seit Sie diese Frau gesehen haben, haben Sie laut aufgehört, mich zu lieben. Bis dahin freuten Sie sich schweigend an meiner graziösen Biegsamkeit. Und ich habe es Ihnen schweigend erlaubt.

AKROBAT

Das ist meine 194. Sünde.

CLOWN

Oh, da sind Sie aber hoch verschuldet.

AKROBAT

Sie meinen, Sünden können uns als Schulden erlassen werden?

CLOWN

Ich meine, Sie haben sich selbst geantwortet.

KUNSTREITERIN

Ach, ich bin müde von allem und allem anderen! ... Ich habe meine Augen allein gelassen mit dem Himmel. Die Dächer sind viel weiter unten geblieben, ihr Knirschen dringt bis zu meinem Schweigen. Ich sehe die biegsamen Konturen des Windes und andere Drohungen gegen alles.

AKROBAT

Mir scheint, ich fange wieder an, sie zu lieben! Ihre Kälte ist herrlich, ihre Himmel sind vorgetäuscht.

CLOWN

Sie irren, Sie haben auf die falsche Seite geschaut. Sie sind bereit, alles zu brechen – das Gesetz wie die Gesetzlosigkeit.

KUNSTREITERIN

Schade, daß ich mich nicht sehe, sondern nur höre!

AKROBAT

Ich gebe Ihnen eine Beschreibung: Sie sind die glitzernde Kunstreiterin der Augenblicke, ein stählernes Gespenst, Ihr Lächeln bringt einen um den Verstand und verschwindet im Himmel ...

CLOWN

zum Akrobaten

Halt, Sie haben selbst das Urteil über sich gesprochen. Vollstrecken Sie also das Urteil!

KUNSTREITERIN

Ich lasse mich durchdringen von diesem Glitzern!

CLOWN

Er zögert und verschanzt sich hinter den Augenblicken. Ich dagegen bin voll von edlem Unwillen und Gerechtigkeitssinn.

AKROBAT

Ich bin – wie der Regen – an den Rippen aufgehängt. Mir scheint, so lautete das Urteil?

CLOWN

Ich erinnere mich nicht, wenn mein Gedächtnis mich nicht trügt.

AKROBAT

zur Kunstreiterin

Erinnern Sie sich, erinnern Sie sich an mich? Ich bin nicht in meinem Zustand als Mensch, der gestorben und auferstanden ist.

CLOWN

Sie sind noch nicht auferstanden, um so oft zu sterben. Ich meine – das andere.

KUNSTREITERIN

Ich war zu barmherzig heute. Aber macht nichts! Diese Übungen bringen meinem Körper den Stahl und die ehemalige Biegsamkeit zurück . . . Schauen Sie mich nicht so an, das erlaube ich nicht einmal der Luft!

CLOWN

Mein Blick verschlingt die Luft.

AKROBAT

Oh! mir ist eine glühende Sekunde ins Auge geflogen.

CLOWN

Auch das noch! – rufe ich, wobei ich die Welt in einen vor Ausrufen ungeschützten Ort verwandle.

KUNSTREITERIN

In dieser Hinsicht bin ich unverwundbar. In anderen bin ich noch unverwundbarer.

AKROBAT

Ihre Worte sind geschliffen und scharf, wie Zahlen zum Anfassen.

CLOWN

Zum Anfassen? Das ist eine neue Art, Mitleid bei Menschen und anderen Himmelskörpern zu erregen!

AKROBAT

Ich sehe nichts, außer Regen – und er ist ein schlechter Führer. Besser, man ist Führer des Regens.

CLOWN

zum Akrobaten

Sie sind zu streng zu Ihrer Umgebung. Lernen Sie von mir Ergebenheit, Sanftmut und andere Folterwerkzeuge.

KUNSTREITERIN

Meine Biegsamkeit kehrt wieder! Und nicht sie allein, sondern in Begleitung anderer unerbittlicher Eigenschaften!

CLOWN

Ach, welch göttliche Neuigkeit! Als stürbe man zum ersten Mal!

KUNSTREITERIN

Sie sind ziemlich biegsam.

CLOWN

Ach, ich erdreiste mich nicht, Sie zu verstehen!

KUNSTREITERIN

Sie schauen mich an?

CLOWN

Soll ich es zugeben?

KUNSTREITERIN

Sie haben es zugegeben. Und er?

CLOWN

Er ist bis ans Heft in den Regen gestoßen. Beide atmen sie nicht mehr.

KUNSTREITERIN

Der Gerechtigkeit ist Genüge getan. Der Himmel ist in den Raum meiner Augen gesunken. Die Stille erstirbt, damit die Leute heller blitzen. Die Spiegelbilder der Toten sind in den Spiegeln begraben, die Lebenden haben ihre ehemalige Biegsamkeit und ihren Stahl wieder.

Standbilder

MELIK-MELKUMOV

An welch einem merkwürdigen Tag wir einander begegnet sind, zu welch merkwürdiger Stunde, ganz zu schweigen von der Sekunde!

LVOV

Ich bin bestürzt, ich bin b, ich bin einfach ich!

MELIK-MELKUMOV

Sie sind immer noch derselbe Witzbold, der Sie auch sein werden. Und mir ist neulich ein Gedanke in den Sinn gekommen, der Ihr Gesicht hatte. Ich habe ihn sofort laut ausgesprochen. Und alle haben auf der Stelle Sie erkannt. Was sagen Sie dazu!

LVOV

Das ist kein Zufall, sondern einfach eine Seltenheit. Auch ich gehe neulich über eine Brücke, schaue zerstreut über meine Gedanken hinweg, und plötzlich, unversehens – platsche ich ins Wasser! An Land geschwommen kam ich mitten im Salon von Aleksandra Vitkovskaja. Das nenne ich ein Ereignis! Hmja . . . Der Salon war voller Menschen, die einen standen, die anderen lagen vor Erstaunen. Irgendwie wurde ich trocken, entschuldigte mich für die Belästigung und blieb. Unter den Gästen war auch Evelyne. Sie kennen sie? Dann will ich sie Ihnen noch einmal beschreiben. Stellen Sie sich eine Frau vor, eine Reihe von Fenstern und die auf sie zustrebenden Lichtstrahlen. Das – ist sie. Ich trat auf sie zu, begrüßte sie liebenswürdig und begann eine Unterhaltung über die

Ausstellung der Zeichnungen von Čekrygin, wobei ich nicht aufhörte zu trocknen. Oh, diese Brücke über die Moskva! Ewig geschehen mir auf ihr entweder Wunder oder etwas ihnen Entgegengesetztes. Evelyne bemerkte mir gegenüber: »Sie sind also nicht nur ein ausgezeichneter Schwimmer, sondern auch Erzähler . . .« Ich erstarb. An der Schnittstelle des Fensterstrahls und ihres Lächelns blitzte mein Schicksal auf. Ich erkannte es sofort an der seltsam gebogenen Schneide. Die Worte der Liebe erstarben mir polternd auf den Lippen . . . Die Pause war lang und zweischneidig . . . Etwas Erstaunliches – die Liebe! Sie beginnt und geht nicht vorüber, endet und ersteht nicht wieder auf . . . Wir standen neben dem Fenster, genauer – es stand neben uns. Lächeln, Strahlen, die sich schnitten. Ein unheilverkündender Himmel stand jenseits der Scheiben. Ich rührte mich nicht, aus Angst, meinen Mut zu erschrecken. Evelyne fragte mich etwas. Erinnern Sie sich an ihr Haar, diesen schweren Knoten im Nacken, diese merkwürdigen Sekunden ringsumher? Ich erinnere mich an sie und kann sie nicht vergessen . . . Ich wüßte gern, wie mein Leben endet. Etwa mit dem Tod? . . . Eine gewisse Sekunde ließ ein Leben lang an sie denken . . . Ich zögerte, die Augenblicke drängten ungestüm, das Licht schnitt sich seltsam mit der Dämmerung. Wissene Sie, Schweigen, geschliffen an der Stille. Plötzlich sah ich Evelyne im Profil. Das Fenster war bereit, die Nacht hervorzuholen, woher auch immer. Die Sonne patschte barfuß über das Parkett. Evelyne sagte: »Schauen Sie, was die Sonne für Spuren macht!« Ich schaute hin, sah es und . . . war trocken. Der letzte Tropfen Feuchtigkeit hatte sich aus meinen Kleidern verflüchtigt. Wissen Sie, es ist manchmal so: plötzlich flüstert der Himmel Ihnen etwas ins Ohr, oder Sie stoßen im Gehen mit der Luft zusammen . . . Ich hatte keinen Weg zurück, meine Gedanken bewegten sich vorwärts.

Was kann schrecklicher sein als die Unbeweglichkeit? Das tat ich denn auch. Sie bemerkte, was in mir vorging. Sie sprach, um sich nicht schweigen zu lassen. Das Fenster blitzte neben jedem ihrer Worte. Plötzlich bemächtigte ich mich eines merkwürdigen Gefühls. Ich will etwas sagen und kann nicht. Ich will etwas können und kann es ebenfalls nicht. O Mittag! O Glas! . . . Also versteinere ich und stelle mich selbst daneben. Und sofort ist da die Brücke über die Moskva . . .

MELIK-MELKUMOV

Sind Sie verstummt, oder hat sich das für mich nur so angehört?

LVOV

Worüber habe ich gesprochen? Ach ja, über die Brücke! Die Brücke über die Moskva nimmt ihren Anfang am linken Ufer der Moskva . . . Sie ist besorgt-fragend gebogen . . . Ach ja! Evelyne verstummte. Ich schaute. Ihre dunklen Wimpern durchdrangen die Luft. Der gläserne Mittag des Fensters blitzte . . .

1. GAST

Diese drei benehmen sich zumindest merkwürdig! Ich sehe zum ersten Mal ein Fenster in der Rolle des Nebenbuhlers auftreten.

2. GAST

Ich sehe zum ersten Mal überhaupt etwas.

3. GAST

Ich kann von mir weder das eine noch das andere sagen, auch nichts Drittes.

4. GAST

Das Fenster schaute ihnen mit scheinbarer Gleichgültigkeit nach, doch in der Dicke des Glases sammelte und verdichtete sich tropfenweise die blaue Farbe der Bitterkeit . . .

EVELYNE

Erstens sind wir miteinander nicht bekannt. Und zweitens bin ich mit Ihnen nicht bekannt. Und was drittens?

LVOV

Drittens ist das Vierte. Ich gehe auf der Straße, plötzlich sehe ich: Sie kommen mir entgegen. Und sofort drückt es die Dächer ein im Takt meiner Schläfen. Und begann auch zu klopfen.

EVELYNE

Straßennamen, Hausnummern und der unbekannte Rufname des Windes. Man möchte ihn rufen und am Ohr ziehen.

LVOV

Erlauben Sie mir, von den Lebenden aufzuerstehen und zu rufen: »Oh, wie ich Sie liebe!« . . . Hören Sie den Wind winseln? Das Dach hat sich an einer Eisenecke des Himmels verletzt . . . Aber wo wollen Sie hin? Wo wollen Sie hin?! Halt! Gehen Sie nicht weg!!! . . .

1. PASSANT

Ich habe kein einziges Wort verstanden von dieser stummen Szene.

2. PASSANT

Ich habe alles verstanden und bin verstummt.

3. PASSANT

Ja? Mich dagegen hat der Blick dieses Wahnsinnigen zusammenzucken lassen, als hätte man einer Sekunde die Haut bei lebendigem Leibe abgezogen.

4. PASSANT

Merkwürdig, es war so merkwürdig! Wenige Schritte trennten ihn von dem gußeisernen Geländer. Seine Lieblingsschritte . . .

MELIK-MELKUMOV

Und was war mit dem Fenster?

LVOV

Das verglaste. Seinc und meine Unbeweglichkeit haben Evelyne erschreckt. Einige Sekunden kamen hüpfend näher. Evelyne schrak zusammen . . .

EVELYNE

Was schweigen Sie?

LVOV

Was ich schweige?

EVELYNE

Eine Minute besteht aus 60 Fragezeichen . . . Aber was ist Ihnen?

LVOV

Nichts besonderes! Ich bin am Leben, aber nicht immer.

EVELYNE

Dafür sind Sie immer rätselhaft, wenn Sie am Leben sind.

LVOV

Was soll ich Ihnen darauf antworten? Ich weiß nicht ... Bitte gehen wir lieber schweigend diese zehn Minuten entlang ...

1. GAST

Erstaunlich! Ein Spaziergang zu dritt mit dem Fenster!

2. GAST

Wenn ich meinen Augen nicht traue, behalten Sie am Ende immer recht.

3. GAST

Ich sehe nichts. Ich sehe nur die Kälte blitzen.

4. GAST

Vorsicht! Das ist die Schneide des Winters ...

EVELYNE

Sie wollten anscheinend etwas sagen?

LVOV

Ich möchte allem und jedem »Lebewohl!« sagen, aber woher nehme ich das Ausrufezeichen?

EVELYNE

Sie haben recht, wie das Schweigen.

LVOV

O Evelyne, Evelyne! Ich liebe Sie! Ich schwöre es bei meiner Kehle und der des Himmels!

EVELYNE

Ach, wie das Fenster aufblitzt bei dem Wort »Kehle«!

1. GAST

Mir ist einmal ein Fall passiert, aber was für einer – ist unbekannt. Er ging zu schnell vorüber.

2. GAST

Mein ganzes Leben besteht aus solchen Fällen.

3. GAST

Und mein ganzes Leben ist unbekannt.

4. GAST

Meins ist durchsichtig wie das Leben des Fensters. Und ebenso undurchdringlich ...

EVELYNE

Ich habe Angst! Das Fenster kommt näher ...

LVOV

Fürchten Sie sich nicht, Evelyne! Mein Standbild ist bei Ihnen.

EVELYNE

in Entsetzen

Aber was ist das?! Die Luft schwankt!

LVOV

Die Gespenster der Zeiten erheben sich aus den schwarzen Gräbern des Zifferblattes ...

1. GAST

Ich und der Spiegel spiegeln gegenseitig das Entsetzen.

2. GAST

Die Jahrhunderte bewegen sich langsam wie dunkle Führer der Jahre ...

3. GAST

Wovon sprechen Sie? Ich verstehe nichts! Das heißt, ich verstehe, aber wovon sprechen Sie?

4. GAST

Schwärme nächtlicher Augenblicke, die sich in dunklen Kleidern vorwärtsbewegen ... O morgendliche Strahlen der Sekunden! ...

EVELYNE

erschüttert

Was war das?

LVOV

Beruhigen Sie sich, Evelyne. Das war nicht.

1. GAST

Es war nicht die Auferweckung der Zeiten.

2. GAST

Es waren keine durchsichtigen Prozessionen, die an uns vorbeigeflimmert sind.

3. GAST

Es war nichts, das für mich nur irgend etwas gewesen wäre.

4. GAST

O unbekannte chefs-d'œuvre unbekannter Götter! O Auferweckung Pëtr Bromirskijs! ...

MELIK-MELKUMOV

zu Lvov

O verblüffende Augenblicke! O Ihre Blässe zum Andenken an all das Nichtdagewesene! ...

EVELYNE

Wer deutet mir so einen merkwürdigen Traum? Es ist Nacht, die Straße menschenleer, alle Dächer voller Sterne, die zweistellige Nummer der Dunkelheit schaukelt im Laternenwind. Eine Stimme ruft mich und erstirbt flehentlich. Ich habe nicht einmal hingeschaut ... Die Sekunden sind am Zifferblatt festgefroren.

LVOV

Ach, wie plötzlich Sie sich verändert haben, Evelyne! Wieviel blitzende Kälte und Schönheit! Mit keinen Zahlen ist meine Verwunderung auszudrücken ...

EVELYNE

Sie haben sich zu weit von Ihrem Standbild entfernt.

1. GAST

Und sind dem Fenster zu nahe getreten.

LVOV

Ich bin, wie es scheint, verzweifelt! Was soll ich tun?!

2. GAST

Ihnen stehen Leben und Tod gleichzeitig zur Verfügung.

LVOV

Gläsernes Eis ... Splitter und Spalten des Windes ... Schicksal Nr. 19 ...

EVELYNE

Ich bin allem gegenüber taub geworden, seit mein Spiegelbild mich geblendet hat. Der Spiegel eilte irgendwohin davon, zielstrebig, und plötzlich erstarrte er im

Flug. Seitdem ist er dort, unbeweglich wie ein Denkmal des Augenblicks.

3. GAST

Ich habe wieder nicht genau gehört! Unbeweglich wie was?

4. GAST

Wie ein Denkmal der Taubheit.

LVOV

O dieses Fenster! Dieses triumphierende Glitzern! Und da ist auch der unheilverkündende Himmel . . . Evelyne, haben Sie es bemerkt? – neben den Fenstern ist immer der Himmel.

EVELYNE

Eine Stimme dringt zu mir. Mein Gott, wie weit entfernt ich geworden bin!

LVOV

Ich bins, Evelyne! Erinnern Sie sich an mich? Erinnern Sie sich: »Offensichtlich erregt den größten Neid derjenige, der sich kraft der eigenen Flügel aufschwingt und so dem gemeinsamen Käfig aller entrinnt?«

EVELYNE

Was? Petrarca?

1. GAST

Wir sind alle für etwas anderes geboren.

2. GAST

Wir sterben auch alle für etwas anderes.

EVELYNE

Mich durchdringen meine Strahlen!

1. GAST

O Gott! Das Fenster entführt sie!

EVELYNE

Oh!

2. GAST

Es hat sie entführt! Einen Augenblick – und sie war verschwunden!

3. GAST

Und er?

4. GAST

Ist ihr nach versteinert . . .

Auferweckung

DER VATER

Das Schneiderhandwerk verlangt von den Fenstern gläsern blitzende Opfer . . . Die Nadel beschreibt langsam einen Halbkreis . . .

VALERIJA
seine Tochter

Sie wollen die Luft durchdringen, oder irre ich mich? . . . Wie gut, daß Fenster in die Wände gebrochen sind! Das gestattet, taube dunkle Vorhänge davorzuhängen . . . Merkwürdig, vier Wände, und jede hat ihren eigenen Charakter. Diese zum Beispiel ist ängstlich.

VATER

Was hast du gesagt?

VALERIJA

Nadel.

VATER

Ja, ja, meine Tochter, ich werde nicht müde, diese Regel zu wiederholen. Punkt Nr. 2: die ersten Strahlen der Zahl 7 streiften den Punkt Nr. 19 in schrägem Winkel, der Tag nahm die Form eines Quadrates an, das aus einer Grundlinie und zwei ungleichen Seiten bestand. Die 1. Seite: »Ich bin ungleich.« Die 2. Seite: »Ich bin traurig.«

VALERIJA

Die 3. Seite: »Ich bin die Nadel.« Vater, mein Verstand bringt mich auf einen grausamen Vergleich: auf Turmuhren zeigt der große Zeiger die Windrichtung an, der andere, tote, zeigt in die Richtung des Todes.

VATER

Meine Überlegungen wurden durch die überraschende Ankunft meiner Selbst unterbrochen. Ich bückte mich also, richtete mich auf und horchte: die Stille kam donnernd näher.

VALERIJA

Vater, beantworten Sie mir eine Frage!

VATER

Schau, die Dunkelheit hat sich zu den Sternen erhoben. Wieviel Eisen!

VALERIJA

Vater, ich kann Ihnen diese Frage nicht beantworten. Das ist der letzte Wunsch dieser sterbenden Minute.

VATER

Natürlich möchte ich mich sofort dorthin begeben. Aber woher nehme ich den Mut und alles übrige, was nötig ist zur Flucht?

VALERIJA

Ich weiß nicht, ob diese Dunkelheit uns hilft. Eine andere würde uns vielleicht helfen.

VATER

Nein, nein und nochmals nein – das sind meine drei Jas. Die Dunkelheit besteht zur Hälfte aus Lüge und zu einem Drittel aus nichts. Wenn man sich auf den Weg macht, muß man drei Regeln vergessen: 1. Mit lauten Selbstgesprächen bestärkt man den Glauben der anderen an die anderen. 2. Lunatismus ist eine unter Zahlen weitverbreitete Krankheit.

VALERIJA

Ich frage mich: woraus besteht zu einem Drittel die Unsterblichkeit? Und antworte: aus einem Drittel . . . Was für merkwürdige Augenblicke ich sehe! Sie haben mit Sekunden nichts gemein. Wie überraschend der morgige Tag angebrochen ist!

VATER

Das ist das Schicksal aller Unglücklichen – begraben zu werden zusammen mit dem eigenen Glück.

VALERIJA

Die Stunde ist für unschuldig erklärt worden. Hier in Kürze mein Selbstporträt: seidige Luft berührt das dunkle Haar, die Augen zwei riesige Schweigen, von Wimpern verhangen.

DER BRÄUTIGAM

erscheint

Ich erscheine. Guten Tag! Als ich an dieser Nacht vorbeiging, konnte ich nicht anders als sie zu beachten . . . Wie merkwürdig wir einander anschauen! Als ob Sie mich nicht wiedererkennen würden, und ich, als ob ich daran nichts erstaunlich fände . . . Ich stelle mich an die Wand und begegne tapfer dem Wirbelsturm der Erinnerungen. Das bin ich als Säugling, einen Säbel in der Hand, das bin ich erwachsen, das wieder als Säugling . . .

VALERIJA

Nacht. Zwei unzertrennliche Augenblicke blitzten auf . . . Vater, Sie schweigen?

VATER

Das ist eine so riesige Zahl, daß sie allein das ganze Gedächtnis einnehmen könnte.

BRÄUTIGAM

Wovon sprechen Sie? Ich verstehe mein Schweigen nicht. Ich bin von den Fenstern streng vermessen worden, habe aber nur gelächelt. Ja.

VALERIJA

Ich höre eine Stimme ... Die Laterne leuchtet donnernd über das Straßenpflaster. Ein Ladenschild hat sich mit dem Gesicht und einem Knirschen in den auferweckten Wind gedreht. Der Dunkelheit wegen ist die Jahreszeit schwer zu bestimmen.

BRÄUTIGAM

In der Dunkelheit sind alle Jahreszeiten dem Herbst ähnlich. Dieselbe Kälte und dieselbe Nacht, die im langsamen Fluß der Fenster davontreibt ... Eine Erinnerung: sie ging über eine Brücke, einige Sterne rammten Pfähle in den schwarzen nächtlichen Grund, das Wasser glitzerte. Ich verbeugte mich höflich, nannte meinen Namen, der Wind trug den Namen zur Seite. Die steinernen Häuser schaukelten auf dem Wasser. Die Frau war blaß und erschrocken, an die Sekunde geschmiegt wie an ihre letzte Rettung. Ihre Augen schimmerten, so schien es, dunkel und ruhig nebenan. Mir fiel nicht ein, was ich hätte sagen sollen. Gußeiserne Geländer, Wind und einen Klumpen Gußeisen in der Kehle. Ich begleitete sie als tapferer wortloser Schatten bis zu meinem ersten Wort. Schließlich verschwand sie, verzweifelt ... Was? Es ist Morgen?! ... Es ging über die Kräfte der Dächer, die Sterne aufzuerwecken ...

VATER

Soweit ich verstehe, ist das nicht einfach er, sondern seine Stimme. Merkwürdig, ich spreche von mir in der dritten Person und schweige in der zweiten ... Nein, die Kurve, die die Nadel beschreibt, ist manchmal so seltsam, daß man wirklich um seinen eigenen Mut zu fürchten beginnt. Was sagst du dazu, Valerija?

VALERIJA

Vater, was sagen Sie dazu?

BRÄUTIGAM

Ich warte, und mit mir – eine harte Wand aus Luft.

VATER

Ich zögere mit der Antwort wie mit der Frage. Das ist das herbstliche Gesetz der Zahlen.

VALERIJA

Zwei Unbeweglichkeiten, die sich einander nähern und auf etwas Drittes zubewegen.

BRÄUTIGAM

Das bin doch ich! Sehen Sie, ich stütze mich mit dem Ellbogen auf Mitternacht wie ein Gepenst. Das blasse Gesicht, im Schrecken widergespiegelt vom Glas. Die Finger umklammern den Spazierstock.

VALERIJA

Auf die Frage: »Wo aber ist das Glück?« antwortete er, das sei auf der anderen Seite unserer Selbst. Wieviel Kälte war in jedem Vokal! Merkwürdiges geschah an diesem Tag mit den Dächern und den an sie geschmiegten Himmeln – so als habe der Herbst den Winter eingeholt.

VATER

Dächer und Auferweckung der Sterne? Die Nadel beschreibt eine mißtrauische Kurve . . . Einmal bin ich aus einer Nacht zurück in eine andere gekehrt, eine Laterne hat geleuchtet. Das Gedächtnis der Laternen für Gesichter ist unerhört! Geht man an einer vorbei, erschaudert man und fühlt sich erkannt . . . Worüber wollte ich sprechen? Ach ja, über nichts.

BRÄUTIGAM

Ihre Augen blitzten, gleichzeitig mit den Wörtern. Ich bin, wie es scheint, erkannt, wie diese Laterne.

VALERIJA

In mir ist Kälte genug, um zu siegen und das nicht zu bedauern.

VATER

Was ist schwieriger, einen Schwur zu leisten oder ihn zu erfüllen?

VALERIJA

In mir ist Festigkeit genug – für das eine wie das andere.

VATER

Was? Ich höre nicht, ich bin taubgeworden vor Vorahnungen.

VALERIJA

O Ferne! O silbrige Linie des Rückens! Der Wind trägt das Schweigen fort. Einige Fernen schnitten sich in einem Punkt. Die Strahlen der Dächer schneiden sich mit den Strahlen der Dächer. Ich bin unbeweglich, die Unbeweglichkeit überträgt sich auf die Gedanken, die Sterne sind erstarrt, es scheint, als würden Augenblicke nicht geboren, sondern auferstehen. O Nacht! O fallende Zahl 17!

VATER

Hier bin ich. Ich fürchte mich vor meinen Gedanken, denn meine Furchtlosigkeit verbreitet sich nicht über mich.

BRÄUTIGAM

Ein schöner Spazierstock verleiht den Gedanken Eleganz. Zum Beispiel: man steht mit dem Rücken und dem Gesicht zur Menge, aber – Vorsicht. Eine unachtsame Geste, ein unachtsames Schaufenster – und die Scherben Ihres Spiegelbildes klirren erstaunt. Einmal waren ich und ein merkwürdiger Augenblick allein, und da geschah es.

VATER

Was ist das – bewegt sich die Zeit oder nicht? Oder ist diese Stunde fest an den Himmel geheftet? Oder hat sich das Eisen der Dächer gegen den Uhrzeiger bewegt? Für diese beiden Fälle habe ich einen Vorrat vollster Verwirrung.

VALERIJA

Die nächste Stunde ist so nahe, daß ich sie schon sehe. Ich unterscheide steinerne Häuser, einen kalten Uferkai und Wind, der sich an den Brücken verbrennt . . . Vater, wo sind Sie?

BRÄUTIGAM

Er errichtet Schweigen aus Zahlen und Wörtern – das wird etwas Majestätisches und Großes . . . Ich ging vorbei und brachte es nicht über mich. Ich beschloß, einzutreten. Hier ist der Spazierstock, hier der wertvolle Schädel und hier der ins Knopfloch gesteckte Seufzer. Ach! außerdem ist es auf den Gehsteigen so glatt, die Schaufenster sind betrunken vom Wind und den Laternen, die Menge hüpft und fliegt davon.

VATER

Wo habe ich nur meinen Kummer hingesteckt?

VALERIJA

Die Nacht strömt zur Spitze der Nadel – bald wird sie ganz dort sein.

BRÄUTIGAM

Und hier die Handschuhe ... Ich ging, mit dem Blick über das Straßenpflaster blitzend.

VATER

Ich bin bis zur Nadelspitze von Vorahnungen erfüllt. Vorahnung Nr. 1: 17530026910. Vorahnung Nr. 009: geht nicht in Erfüllung. Ich beschreibe den Bau des Gesichts: Stirn, Himmel, Reihen von Falten und ein Hals, gegürtet von einer einfachen Schlinge.

BRÄUTIGAM

Ich bin berauscht, als hätte ich ein ganzes Fenster Licht getrunken. Die Dunkelheit ist fester geworden.

VALERIJA

1. Ein Dach, von den Sternen ausgegangen. 2. Nacht + Nacht = gleich. 3. Ich bin die Tochter meines Vaters. 4.

BRÄUTIGAM

Ich will einen Schritt tun und kann nicht. Ich will einen zweiten tun und kann es ebenfalls nicht. Habe ich mich nicht aus Vergeßlichkeit im Flur stehen lassen? Wo ist mein Spazierstock und mein ganzer Eifer? Ich bin schweigsam zu mir und zu den anderen. Valerija!

VATER

Ich rufe meine Tochter und antworte nicht. Die große Zahl 13 ist kleiner als die kleine Zahl 559,1. Mein Vorrat an Schweigen nimmt ab. Aus der Gegenwart verdrängt in eine nicht eingetretene Zukunft. 99 % meiner Selbst zu 1 % ebenfalls meiner Selbst.

BRÄUTIGAM

Die Laternen gehen balancierend über einen gespannten Gehsteig – das ist meine Definition der Dämmerung.

VALERIJA

Ihr Schweigen ist gleichnishaft.

VATER

Er spricht schon längst anderes.

BRÄUTIGAM

Die Menge der Gäste war mal größer, mal kleiner, mal wieder kleiner. Merkwürdig, sie nahmen mein Verschwinden für mich. Anwesend waren auch zwei Gespenster. Gäste und Wände taumelten voreinander zurück. Wissen Sie, Kerzen, dekolletierte Dunkelheit, ich wäre entzückt gewesen, aber das Entzücken stellte sich nicht ein. Plötzlich sprang das Gespräch über auf die Auferweckung toter Sterne. Die Gespenster wechselten sogleich einen Blick, nicht wie Verschwörer, aber auch nicht wie Auferwecker. Die Meinungen der Gäste gingen auseinander. Die Gespenster schlugen vor, Karten zu spielen – die Meinungen vereinigten sich. Die eisernen Strahlen der Dächer durchdrangen die Nacht, ich kann diesen Klang nicht vergessen ... Ich hatte unverhofft ein gutes Blatt, mein ewiges Pech fuhr vor mir zurück und betrachtete alles voller Erstaunen. Im übrigen vergaß ich mich bald. Mich umringten Spiegel und Damen. Jemandes Dämmerung nahm mich sanft beiseite und flüsterte mir etwas ins Ohr. Die Dächer mit ihrem Eisen erfüllten den gesamten Himmel und drohten, durch die Fenster des Salons hereinzudrängen. Damen, Männer und Dekolletés fuhren vor Schrecken zurück. Jemand rief mit eindringlicher und leiser Stimme, mit der der Tod den Sterbenden ruft. Ich wandte mich um, aber ... da war ich schon nicht mehr ...

VATER

Die Rede besteht aus Wörtern, Schweigen besteht aus Zahlen, Gesten bestehen aus Luft, Verzweiflung besteht aus allem.

VALERIJA

Während wir sprachen, ist die Ferne erfroren. Jetzt sind wir an der Reihe.

BRÄUTIGAM

Eine glitzernde Träne, der Wind und der Spazierstock – das ist meine Ausrüstung. Dem Buchstaben A entspricht die Zahl Z. Valerija, Sie sind wortlos!

VATER

Hoffen wir nicht auf Gnade. Hoffen wir auf etwas anderes.

VALERIJA

Zum ersten Mal höre ich, daß eisernes Gepolter mit drei Punkten endet ...

BRÄUTIGAM

Man mußte über die Macht einer Olga Rozanova verfügen, um diese Dächerlawine aufzuhalten.

VALERIJA

Zwei eisige Schweigen. Welches von beiden bin ich? ... Die Dunkelheit hat sich an der Nadelspitze gestochen.

BRÄUTIGAM

Die Strahlen der Sterne glitzerten klirrend über das Straßenpflaster. Der Wind trug das Flüstern und die Schreie der Gäste davon. Plötzlich zeigte sich der Schädel den Blicken der Gäste als das Symbol von Tod und Leben. Mein Gesicht richtete sich jäh nach oben, wie eine steinerne Wand. Tränen stiegen über die eiserne Treppe hinauf zu den Augen. Der Wind schaukelte heulend das blecherne Nummernschild meines Schicksals. Kalte glitzernde Sterne stürzten klirrend in die Augen ...

VATER

Wieviel feierliches Licht und wieviel feierliche Kälte zu nicht festgesetzter Stunde! Das ist wie eine Abdankung der Nacht.

VALERIJA

Es war dunkel vor Knirschen.

VATER

Das Jüngste Gericht ist das Gericht der Zahlen.

BRÄUTIGAM

Aber wir sind doch so durchsichtig, daß man in uns keine Nägel schlagen kann!

VATER

Tochter und Fenster sprechen miteinander in der Sprache der Kälte.

VALERIJA

Auf dem Gipfel des Windes zu stehen bedeutet noch nicht, gekreuzigt zu sein.

BRÄUTIGAM

Als ich an meinem Spiegelbild vorbeiging, nickte es mir mit einem gläsernen Spazierstock zu. Das Schaufenster blitzte, im schrägen Winkel zur Luft. Mein Schädel und ich sahen einander lächelnd an. Ebenso ein Stern sah uns an. Die Gestalten der Gäste erschienen blutend und krampfhaft zuckend, wie aus einem verletzten Gedächtnis ...

VATER

Bevor ich höre, muß ich verstehen – das ist eine Laune von Menschen, die es immer mit dem Schweigen zu tun haben.

BRÄUTIGAM

Jetzt waren die Gespenster von den übrigen schon nicht mehr zu unterscheiden. Die Stelle der Dächer hatte der Himmel eingenommen. Sie türmten sich krachend eines über das andere. Und die Himmel einer über den anderen.

VALERIJA

Soweit ich verstehe, hat die Auferweckung nicht stattgefunden. Also, soweit ich höre, hat sie auch nicht stattfinden können. Vor dem Hintergrund der Dunkelheit erscheint Schweigen als Kälte.

BRÄUTIGAM

Das ist das zufällige Ziel meines Besuchs.

VALERIJA

Wieviel Kälte und Ruhe in seiner Kälte und Ruhe!

VATER

Unter zwei Übeln wähle ich das mittlere. Wie jeder, der in einer Trauerprozession schreitet, werde ich dem Leben und dem Tod zu gleichen Teilen gehören. Meine Devise ist die römische Zahl XIII. Von nun an kehre ich zu meinem neuen Handwerk zurück. Eine hügelige Landschaft erinnert ich immer an das Handwerk des Totengräbers. Das Licht der gestorbenen Sterne erinnert mich an dasselbe. Die Dunkelheit nimmt immer deutlicher die scharfen Konturen der Kälte an. Ich nehme immer deutlicher die feierlichen Konturen meiner Selbst an. Ich triumphiere wie die Malerei, die von Aleksej Kazakov Besitz ergriffen hat!

Ausruf

– Und das ist ein anderer Fall von Schwermut – wenn weder Tod noch irgendein anderer Trost möglich ist.
– Ich weiß, einverstanden, ich höre. Vorgestern vergaß ich zu seufzen, heute fiel es mir plötzlich ein, und ich lächelte mit dem Ende des Rückens. Nein, hier stimmt etwas nicht! Und tatsächlich: plötzlich loderte die Dunkelheit in den Fenstern, als sei die Nacht für einen Augenblick zurückgekehrt, um sich in Kürze zu überleben. Verstehen Sie mich?
– Nein, aber so ist es um so amüsanter.

Dieses Gespräch und dieses Schweigen flogen an ihm vorüber, als er sich, vom Parkring kommend, den Weg durch die Mjasnickaja bahnte. Rechts und links türmten sich lärmend und donnernd die steinernen Etagen der Häuser, eiserne Aushängeschilder und bunte Himmelsfragmente – von schwarz bis tiefblau. Die dunklen Hauseinfahrten führten in Höfe, enge, hallige, mit Luft, die zerrissen wurde von triumphierend und jäh entstehenden Klängen des Frühlings, Winters und sogar des Herbstes. In eine dieser Hauseinfahrten lenkte er seine Schritte.

Bis zur Ankunft des Unbekannten waren alle zurückhaltend und schweigsam gewesen. Einer der Gäste, zum Beispiel, schwieg, den Blick auf das Fenster gerichtet, und trommelte zuweilen mit den Fingerknochen dagegen. Ein anderer, die Arme auf dem Rücken verschränkt, dachte nach. Ein dritter schwankte im Takt seiner Unbeweglichkeit. Die übrigen bildeten eine kleine gedämpfte Gruppe um die Gastgeberin, hier und da blitzte ein Blick. Die Fenster standen auf der Höhe der dritten Etage.

1. GAST

Die einzigen Tage, an denen ich ruhig leben kann, sind die vergangenen.

2. GAST

Tja, von denen sind nicht mehr so viele übrig.

GASTGEBERIN

Sie beide sind so kurz und rätselhaft!

3. GAST

Tja, Kürze ist beinahe Heldenmut.

GASTGEBERIN

Und Rätselhaftigkeit?

3. GAST

Ist die Nacktheit selbst.

4. GAST

Merkwürdig, ich hätte nie geglaubt, daß mein Schweigen ein Spiegel sein könnte!

5. GAST

Worüber sprechen Sie?

4. GAST

Darüber. Ihre Stimme hat ihr Spiegelbild nicht erkannt. Übrigens, das ist erstaunlich: Wenn wir in den Spiegel schauen, erfährt er über uns alles, wir dagegen über uns nichts!

GASTGEBERIN

Das ist amüsant ... und sogar ein wenig kühl.

1. GAST

Ich will mit dem 4. Gast nicht streiten, erstens, weil er nicht recht hat, sondern zweitens, weil jedes Rechthaben verwundbar ist.

3. GAST

Sie haben recht. Schweigen ist immer sinnlos. Pausen dagegen können voller Tiefe sein.

5. GAST

Ja, aber wenn wir der Wahrheit näherkommen wollen – wann sind wir es? Wenn wir alle zusammen sind oder jeder für sich?

2. GAST

Noch nie ist ein Fragezeichen derart als Ausruf gesetzt worden!

4. GAST

Und überhaupt, ich möchte woanders hinziehen. Wenn nicht in eine andere Welt, so doch zumindest auf deren Seite.

GASTGEBERIN

Wollen Sie nicht vielleicht Friedhofswärter werden?

1. GAST

Ah, das ist eine Idee! Unter diesem Gesichtswinkel hat noch niemand über diese merkwürdigen Geschöpfe nachgedacht! ... *Zur Gastgeberin.* Sie wissen: noch einen Schluck Tee – und es wird Mitternacht.

GASTGEBERIN

Das schreckt mich nicht. Ich bin bereit, in Ruhe jede beliebige Stunde und Uhrzeit zu empfangen.

DIE UHR

Bam! Bam! Bam! Bam! Bam! Bam! Bam! Bam! Bam! Bam! Bam! Bam!

7. GAST
erscheint

Meine Verehrung! ... Verzeihen Sie ... ich komme so unverhofft ... ich ...

GASTGEBERIN

Wer sind Sie?

7. GAST

Der 7. Gast

GASTGEBERIN

Welch merkwürdige Nummer! Was für ein ungerades Schicksal!

7. GAST

Ja.

GASTGEBERIN

Was wollen Sie damit sagen?

7. GAST

Ja ist – mein Schweigen.

2. GAST

Er ist schüchtern, merkwürdig und kühn.

3. GAST

Wobei seine beiden ersten Eigenschaften vornehmlich aus der dritten bestehen.

5. GAST

Ich wette, er ist ein Gespenst.

GASTGEBERIN

Ist das die Wahrheit?

7. GAST

Nein . . . ein zufälliges Zusammentreffen.

1. GAST

Zusammentreffen – womit? Mit unserem Wahnsinn?

2. GAST

Vielleicht mit unserer Anwesenheit?

3. GAST

Nicht mit unserer – weder der einen noch der anderen.

4. GAST

Woher dann aber diese Blässe?

5. GAST

Wir sind nicht blaß. Wir sind – im Gegenteil.

2. GAST

Tot?

1. GAST

Nein, dafür sind wir zu liebenswürdig.

3. GAST

Ich bin als erster bereit, für den Schutz meiner Selbst einzutreten.

5. GAST

Zum Schutz? Aber wir alle sind in Gefangenschaft der Spiegel – unserer Verbündeten.

4. GAST

Und da kommt das Schweigen!

Schweigen trat ein, voller unbestimmter nächtlicher Sekunden. Die Gedanken der Gäste kreuzten sich in der Luft und flimmerten bekümmert. Die Gastgeberin stand neben dem Fenster und dem 7. Gast. Seine Gestalt war ungewöhnlich, er stand still, das Gesicht den Sekunden zugewandt. Die Scheiben gaben durchsichtige Spiegelbilder, außerstande, die Erstarrung und Unbeweglichkeit abzuschütteln.

DAS FENSTER

Ich erinnere mich an nichts. Mein Gedächtnis ist zu durchsichtig.

GASTGEBERIN

Was ist das – ein Laut oder Licht?

4. GAST

Der Kälte nach zu schließen – ja.

1. GAST

Wer zögert da – der Tod oder wir?

2. GAST

Die Frage hat sich mit der Klinge mitten in die Antwort gebohrt.

3. GAST

Ich fahre fort zu schweigen.

4. GAST

Ich hingegen sehe keinen Sinn in dem endlosen Durchsägen von Gittern, das wir Schweigen nennen.

5. GAST

Mir wird von euren Reden so merkwürdig, als wäre ich schon frei.

1. GAST

Also, damit ist das Wort »Gefängnis« endlich gefallen!

GASTGEBERIN

Also – 1. Gast oder 1. Häftling?

1. GAST

Nein, das ist ein zufälliges Zusammentreffen von Zahlen.

GASTGEBERIN

Und was soll der 7. Häftling tun?

2. GAST

Vor allem – nicht mit seinem Schicksal zusammentreffen.

5. GAST

Und wir?

2. GAST

Versuchen, jeder für sich zu sterben.

5. GAST

Aber dann zieht sich das Leben bis in die Unendlichkeit!

1. GAST

Die Unendlichkeit ist mit dem letzten Gast zu Ende.

GASTGEBERIN

Merkwürdig, dieser Scherz!

Wappenbuch

DER VATER

allein

»Leben Sie wohl« oder »Seien Sie gegrüßt« – ist das nicht ganz gleich! Welche dieser beiden Wendungen sagt man richtiger, wenn man stirbt? Ich muß es unumwunden sagen: Begeisterung verschlingt mich nicht. Und dafür gibt es Gründe. Ich liebe sie alle, einen besonders. Dieser steinerne Grund ist die unerträgliche Geradheit der Straßen, besonders der alten Ecken und Winkel, der engen und schiefen ... Ich möchte mir eine schwierigere, verschwiegenere Rolle schreiben. Ob du Schauspieler bist oder nicht – mit Schminke und Schuhwichse mußt du umgehen können ... Es gibt Monologe, die vorzutragen eine natürliche Erhabenheit oder Vertiefung erfordert. Dialoge sind noch schwieriger: für sie reicht manchmal eine ganze Abteilung Feuerwehrleute nicht aus. Etwas anderes ist der Schlaf: er veredelt, gibt ein anschauliches Bild vom Tode und stärkt den Geist ... *Er schläft auf dem Stuhl sitzend ein.*

DIE TOCHTER

erscheint

Schon naht der Zug, und ich bin noch nicht geboren! Ich fürchte, es wird zu spät. Zu lächeln, die Schulter zu zucken ist keine Sünde. Was tut man in Fällen wie diesen? *Sie bemerkt den Vater.* Vater, Sie schlafen?

VATER

Nein, ich bin eingeschlafen beim Ruf der Posaune! Was werden Sie dazu sagen? Meine Träume halten immer auf halbem Weg.

TOCHTER

Ich halte mich mit Mühe zurück.

VATER

Lassen Sie sich bloß nicht einfallen zu weinen – eine der Tränen ist besonders bitter! . . . Was haben wir unter den Füßen?

TOCHTER

Merkwürdiger Name: halbzertretene Blume.

VATER

Verzeihen Sie, aber mich hat man schon mit anderen Vergleichen aufzuwecken versucht!

Gäste erscheinen.

1. GAST

Seien Sie gegrüßt! Aber wo ist der Bräutigam und alles, was dazugehört?

VATER

Wählen Sie das eine von dreien: das Handwerk des Windes, das Handwerk der Mühle oder das Handwerk, Feuer zu verhindern.

2. GAST

Seien Sie gegrüßt! Verzeihen Sie, ich habe die Angewohnheit, Militär zu sein.

3. GAST

Ein Anzeichen von Gesundheit ist Wangenröte im Umgang mit seinen Nächsten. Seien Sie gegrüßt!

TOCHTER

Nein, Sie haben sich verhört.

VATER

Tatsächlich, wo ist denn der Bräutigam? Oder hat er keinen anderen Namen?

2. GAST

Ich schlief und hatte in der Eile einen Traum. Ich erwachte – und erinnere mich an nichts. Ja, mir scheint, Subordinierung und zwei, drei Paragraphen des Statuts.

VATER

Unerschrockenheit vor dem Feind und dergleichen – das ist alles Unfug! Wieviel schwieriger ist es, man selbst zu sein ... am Abend.

1. GAST

Das Schicksal hat eine Menge verschiedener Beinamen. Einer davon paßt wirklich.

VATER

Die Minuten sprudeln aus der Uhr, und wir haben den Hauptgrund immer noch nicht geklärt ... Sie sind blaß?

TOCHTER

Ich räche, um zu vergeben. Daher auch diese Kälte und diese von Wärme überzogene Gestalt.

1. GAST

Vorsicht! Mein Frohsinn steckt an!

VATER

Laßt uns einen Plan aufstellen – für seine List verbürge ich mich. Ich verstelle mich als mich selbst, und Sie, Tochter, schauen zum Fenster hinaus, als hätte die Dämmerung Sie gezwungen, sich abzuwenden. Die übrigen Details klären wir morgen, und jetzt – ans Werk!

1. GAST

Ich bin bereit, Ihnen zu dienen, mit dem Verstand wie auch mit dem Bizeps, wie auch mit allen Unwägbarkeiten meines Handelns ... Gibt es keinen Grund zu sterben – leben wir ... ohne Grund.

2. GAST

Der in langen Jahren angestaute Mut sucht sich einen Ausweg. Rat an die künftigen Generationen: verurteilt uns nicht allzu nüchtern!

TOCHTER

Weshalb die ganze Aufregung? Man muß sich immer möglichst nahe an den Wänden aufhalten – und von ihnen Lebendigkeit ohne Eile lernen.

3. GAST

Was? Was?

VATER

Dieser Gedanke macht sie mit dem Eis verwandt. Fenster sind etwas anderes: sie sind hell, hoch und halten die Nacht in Reserve ... Nichts veredelt Glockenklang mehr als Fensterscheiben.

1. GAST

Nehmen wir sie lebend?

2. GAST

Was sind Sie für ein Militär? – kein Schnurrbart, kein Mut!

3. GAST

Und keinen Perlmuttohrring im Testament!

VATER

Leise! Leise! Alle großen Astronomen sind im besten Lebensalter gestorben. So auch wir: wir stellen uns an die Wand und teilen schweigend die Stille . . . Ihnen, meine Tochter, ist die Kälte zugefallen.

2. GAST

Darf ich dem einige Seufzer als Begleitung hinzufügen? Übrigens ist Disziplin das beste Balsamierungsmittel. Sehen Sie nur den Leichnam des Darius . . .

TOCHTER

Meine Liebe ist wie das erste Eis des Winters, noch nicht fest genug.

VATER

Mich erschrecken weder ich noch die anderen! . . . Die Luft, die Dämmerung – alle aufzuzählen ist unmöglich . . . Ich habe den Namen des Bräutigams vergessen: hieß er nicht Victor Emanuel, oder ist er Darius zu Ehren genannt worden? Meine Tochter, wie heißest du?

1. GAST

So einen Namen habe ich im Leben noch nicht gehört.

VATER

Durch Ermüdung nehmt ihr mich nicht ein!

2. GAST

Ich werde schweigen, bis ich befördert worden bin.

VATER

Ist das nicht zu viel für eine Stunde?

3. GAST

Versuchen Sie doch einmal dieses Mittel. Wenn Sie das nicht auferweckt, heißt das – Sie sind am Leben.

VATER

Meine Ruhe ereilt mich überall: mal am Fenster, mal auf der Straße beim Spazierengehen, mal am Rande des Grabes.

TOCHTER

Wie komme ich hierher zu dieser Stunde? Ich erinnere mich dunkel an die Himmel, die Kindheit . . . Wie einsam es sich atmet!

3. GAST

Horch! ich höre Schritte und Seufzer im Flur. Ist das nicht ein Zeichen auch für alles übrige?

2. GAST

Ich richte meinen Schatten nach der Stellung »Stillgestanden« und bringe ihm militärische Bewegungen bei: Rührt euch, kehrt! Was soll ich mir noch wünschen?

VATER

Wir werden zweimal überrumpelt: von der Geburt und vom Tod. Im übrigen höre ich weder Seufzer noch sonstige Attribute von Anwesenheit.

1. GAST

Die Luft erstarrt, das Lächeln bricht – welche Beweise braucht es noch?

TOCHTER

Gehen oder bleiben – und unerkannt sein wie die Luft? Was von beidem ist kälter?

2. GAST

Merkwürdig – Darius zu Ehren, und niemand kennt den Namen! Das wird peinlich, sogar für einen Feldherrn der Antike.

VATER

Beim Wort »Unsterblichkeit« muß ich immer niesen, wie bei Durchzug. Wann immer ich es höre oder daran denke, fange ich sofort an zu niesen.

3. GAST

Alle Anzeichen für Frohsinn sind vorhanden: die Wände, unsere Gesichter und die sich schneidenden Linien des Lächelns.

TOCHTER

Das Lächeln vereist mir die Lippen.

1. GAST

Schweigen, eingefaßt in Stein und Eisen.

DER BRÄUTIGAM

erscheint

Hier, wenn Sie mögen, meine Reiseeindrücke: die Hauptstadt schläft – keine lebendige Seele, kein Sterbenslaut. Nur die Laternen singen im eisigen Wind. Keine Rettung vor der Kälte. Sie ist schlimmer als der Tod, denn sie friert am Schicksal fest.

VATER

Jetzt höre auch ich Schritte und Seufzer im Flur.

2. GAST

Die Ermüdung der Luft hat sich auf unsere Lungen übertragen. Ein Lied, zwo drei!

3. GAST

Man kennt weder den Namen, noch die Todesstunde, noch die Stunde des Seufzers.

BRÄUTIGAM

Hier, kurz, die Beschreibung meiner Erfindung: man nimmt Linien, spitzt sie an beiden Enden an und bohrt sie in alles, was lebt.

3. GAST

Tod wegen einer nicht angebrochenen Sekunde.

VATER

Noch hat er sich nicht zum Erhabenen aufgeschwungen – und geht schon zum Flüstern über.

1. GAST

Ich beschließe meine Tage in Einsamkeit, dort, wo sie begonnen haben.

BRÄUTIGAM

Heute habe ich mir zum ersten Mal richtig die Luft angesehen und war verblüfft: jede Sekunde ist – neu!

3. GAST

Ich werfe einen Blick in den Flur: ist da kein Seufzer?

TOCHTER

Von den Fenstern weht die winterliche Ferne.

BRÄUTIGAM

Was? Die Folter mit glühenden Fragezeichen?

VATER

Wo Kälte ist, ist auch der Bräutigam. Sucht ihn neben ihm!

2. GAST

Er ist, so scheint es, fröhlich – dieser Namensvetter des Darius. Doch für mich wird es Zeit, den Abschied zu nehmen!

1. GAST

Ich will das übrige wissen!

TOCHTER

Blässe, ein Lächeln und andere Zeichen der Qual auf seinem Gesicht. Er kommt näher, gleich wird er an die Tür klopfen.

VATER

Wer da? Wenn das noch jemand ist, wir haben den Abschied genommen.

BRÄUTIGAM

Was bedeuten diese gläsernen Laternen, dieser Wind und die unbewegliche Kälte?

1. GAST

Ich bin es. In der einen Hand das Wappenbuch, in der anderen – die Hand.

2. GAST

Mit mir ist schon so manch Geschlecht erloschen.

TOCHTER

Norden, Osten, Westen – wie hart und fest das alles ist!

VATER

Sie hatten versprochen, vernünftig zu sein . . . Ich bin kein Schauspieler, ich schwöre es bei meiner Lieblingsrolle! Ich bin in mich selbst versunken, die morgige Müdigkeit wartet auf mich.

TOCHTER

Was für einen scharfen Winkel bildet sein Lächeln mit der Wand!

BRÄUTIGAM

Ich erkenne mich nicht wieder in diesem Porträt: weder die Klarheit meines Blickes noch das stählerne Gitter.

3. GAST

Seien Sie, wenn möglich, noch listiger!

VATER

Meine Sekunden! Ich bin in sie versunken wie der Geizhals in seine Schätze. Jeden Tag sind es mehr!

1. GAST

Wessen Schritte haben dann im Flur geseufzt!

TOCHTER

Ich fürchte, die neue Rolle wird durchsichtiger als alle zuvor.

3. GAST

Die Farbe schwankt von Rot bis beinahe zu derselben.

VATER

Ich habe an ihn zwei Fragen, und beide zu seiner Abwesenheit. Nein, was ist er für einer! hat meine Tochter entführt und hält sich versteckt! Und wo sind Verzweiflung, Kampf und alles andere, was ein Lächeln auszudrücken vermag?

2. GAST

Paragraph Nr. 133 des Disziplinarstatuts. Er lautet: Vaterland, Vaterland!

TOCHTER

Es gibt Sinne, die keinem Wort gehören.

1. GAST

Von den Paragraphen liebe ich am meisten diejenigen, die in die Statuten eingegangen sind.

BRÄUTIGAM

Also, der Bau der Luft. Ich beginne mit den Türmen, mit ihren steinernen Gipfeln . . .

TOCHTER

Der Wind hat ihn vor Freude schwanken lassen. Dieser Strahl hat etwas von Vatermord!

VATER

In dieser Stille kann alles geschehen. Ich gebe keinen Groschen für mein Leben.

1. GAST

Wenn ich »Seien Sie gegrüßt« höre, traue ich meinen Ohren.

2. GAST

Und ich traue sogar meinen Augen, wenn ich die Kälte sehe, mit ihrem hochgehobenen Visier.

TOCHTER

Er ist auf einmal blaß wie der Tod! Gleich wird er seufzen im Flur!

BRÄUTIGAM

Wer?

1. GAST

Ja, aber seien Sie gegrüßt! . . . Er ist längst hier! Hier steht er, neben mir . . . Das Urteil lautet unverändert.

3. GAST

Sie haben es hinausgezögert, solange es ging, Wappen gespielt, Namen verschiedener Länder, Vermutungen auf Begnadigung.

VATER

O Schreck!

2. GAST

Verzeihen Sie, ich werde an Ihrer Stelle sterben. Ich bin es nicht gewöhnt, Wunden zu empfangen.

Sternbild

1. GAST

Wer bin ich? und warum bin ich? – zwei Fragen, auf die ich einfach keine zwei Antworten finden kann. Übrigens, was gestern nicht alles geschieht! Nachts, zum Beispiel: ein Sternbild hat auf den Namen Antoinette geanwortet.

2. GAST

Marie Antoinette?

1. GAST

Nein, die hat nicht geantwortet.

2. GAST

Ja, also der gestrige Tag verspricht schön zu werden, auf einmal?

1. GAST

Das ist schon Tradition.

2. GAST

Bestimmung der Dächer ist es, gegen den Regen zu kämpfen, aber manchmal sieht das mehr nach Wahnsinn und nach Liebe aus.

1. GAST

Gewöhnlich zu Mittag, wenn nicht Mitternacht ist.

GASTGEBERIN

erscheint

Worüber haben Sie hier in meiner Abwesenheit gesprochen?

1. GAST

Zwei, drei Worte über das Wetter, über den Regen.

GASTGEBERIN

Apropos . . . aber ich habe Angst zu fragen und kann mich nicht entschließen.

1. GAST

Haben Sie keine Angst und entschließen Sie sich nicht.

2. GAST

zur Gastgeberin

Ach, mit welcher Gewalt sich die Dämmerung an Ihren Namen schmiegt! – Begeht man die Unvorsichtigkeit, ihn auszusprechen, schon schmiegt sie sich an ihn.

GASTGEBERIN

Sie haben so merkwürdig geschaut! – die Augen über den Wörtern.

1. GAST

Wie Herzog Wallenstein, während er die Schlacht zu Ende oder zum Sieg führte . . . Gestern fiel mir ein Buch in die Hände – sogar ohne Titel. Allein die Aufzählung von namhaften Gefangenen nahm die Hälfte des XVIII. Jahrhunderts ein.

GASTGEBERIN

Sie sind lieb, diese Jahrhunderte. Mir scheint, es hat ihrer aber nur achtzehn gegeben.

2. GAST

Ich habe Ihnen etwas sagen wollen, aber es vergessen . . . und jetzt bin ich doppelt glücklich.

GASTGEBERIN

Das ist überaus unvorsichtig – so glücklich zu sein.

1. GAST

Aber warum denn! Unvorsichtigkeit wird überall verlangt, bei jedem Geschäft.

2. GAST

Ich verliere den Verstand – dreimal in der Sekunde!

GASTGEBERIN

Einige Wörter haben die Eigenschaft, nie ausgeprochen zu werden, in der Luft zu leben und abends Abend zu werden.

2. GAST

Es gibt auch solche Zahlen – bei Gewitter fangen sie so an zu glänzen, daß sie blenden.

GASTGEBERIN

Wollen wir nicht Tee trinken? Das ist etwas Schönes bei solch einer Jahres- und Tageszeit.

1. GAST

Tee lenkt erstaunlich vom Denken ab – weshalb er auch bei allen Denkern sehr beliebt ist.

STIMME

Hat es wirklich nur achtzehn Jahrhunderte gegeben?

1. GAST

Ja, und auf jedes von ihnen kommt ein Ludwig.

2. GAST

Und Ludwig XVI. hat es in ein fremdes, blutiges Jahrhundert verschlagen.

GASTGEBERIN

Sie haben recht – sonst wären Sie nicht so blaß.

1. GAST

Tatsächlich; wenn wir denken, wir flögen in Gedanken in die Zukunft, fliegen wir in Wirklichkeit in die Vergangenheit – denn das Denken kann nicht fliegen.

GASTGEBERIN

Dank Ihrem Paradox finde ich Verwendung für meine Gelassenheit.

2. GAST

Ich auch.

GASTGEBERIN

Dann schauen Sie mich nicht mit so einer tödlichen Blässe an.

1. GAST

Eine weitere Eigenschaft des Tees ist: dunkel zu werden, wenn es nötig ist . . . Ja, übrigens, der Dreißigjährige Krieg wurde doch wohl benannt zu Ehren der dreißig Jahre?

2. GAST

Und der Hundertjährige zu Ehren der Unendlichkeit.

1. GAST

Und verschönt durch die Siege Wallensteins.

GASTGEBERIN

Nicht nur seine.

2. GAST

Sie sind erneut noch schöner.

GASTGEBERIN

Was für ein hartes Metall – das Eisen der Nächte!

1. GAST

Worüber sprechen Sie? Ich sehe nur ein Ausrufezeichen.

GASTGEBERIN

Ich habe es hinter die Sterne gesetzt.

1. GAST

Ja und, das ist völlig im Geiste des Tees.

2. GAST

Hier eine merkwürdige Nachtgeschichte: sie stand, ringsum war die Unbeweglichkeit. Ihr Gesicht schimmerte mal vom Laternenschein, mal erblaßte es vor den näherkommenden Sekunden . . .

GASTGEBERIN

Ich höre nur das gleichmäßige Klopfen meines Herzens.

2. GAST

Ich wollte und habe es vergessen . . . und bin erneut am Leben. Der Tod hat keinen Platz in meinem Gedächtnis.

I. GAST

Aber was war dann danach?

GASTGEBERIN

Ach, wieviel Blässe – nur wegen einiger Sekunden!

STIMME

Nur wegen einiger Fenster.

I. GAST

Eine Eigenschaft des Tees ist, zu adoptieren.

GASTGEBERIN

Sie haben recht.

2. GAST

Danach begannen die Jahrhunderte ohne Ludwige.

Der Sonnenkönig

PERSONEN

1. SOLDAT – er ist Baudouin de Courtenay
2. SOLDAT
3. SOLDAT
HERZOG VON CHOISEUL
LUDWIG XIV., König von Frankreich

1. SOLDAT

Euer Majestät, eine Depesche aus Rußland! Man schreibt von großer Kälte.

2. SOLDAT

Ich weiß nicht, wann und wo ich geboren worden bin. Ich weiß nur, daß ich, einmal geboren, ich war. Ich ergriff den Dienst als Soldat und bleibe im Dienst Soldat. Der morgige Tag erscheint mir immer blauer, als er in Wirklichkeit ist.

3. SOLDAT

So viel Aufregung um eine Kleinigkeit.

1. SOLDAT

Euer Majestät, eine Depesche aus der Türkei! Alles ist von den Heuschrecken verheert.

3. SOLDAT

Gib mal her, das Papier, ich verkünde mit lauter Stimme . . . Euer Majestät, Hungersnot und Heuschreckenplage! Eilige Depesche aus Persien.

LUDWIG
tritt auf
Na, wegen Persien hätte man keinen Alarm zu schlagen brauchen . . . Hier ist es ein wenig kühl . . . Wer hat Wache bei der Kälte?

I. SOLDAT
Ich, Euer Majestät. Sehen Sie, ich bin ganz mit Rauhreif bedeckt.

LUDWIG
Unverzüglich den Grund feststellen und . . .

I. SOLDAT
Unverzüglich den Grund feststellen und . . . –?

2. SOLDAT
Geben Sie mir drei Tage Zeit, und ich bringe ihn Ihnen lebendig. Mir ist schon einmal ein Fall geschehen: mir.

3. SOLDAT
Unverzüglich den Grund feststellen und . . . –?

I. SOLDAT
Euer Majestät haben befohlen, Sie wegen der Türkei nicht zu wecken.

LUDWIG
Auch nicht wegen der Kälte in Rußland . . . Wo ist die Königin?

2. SOLDAT
Eben war sie noch hier. Eben erst ist ihr Spiegelbild aus den Spiegeln verschwunden.

1. SOLDAT

Wen kann man denn dann wecken?

2. SOLDAT

Je nachdem einen Perser oder Türken. Sonst hast du plötzlich keinen Kopf mehr, nach Sankt-Petersburger Sitte.

LUDWIG

Wo sind die Spiegel, aus denen es eben erst verschwunden ist?

3. SOLDAT

Sie sind hoch und kalt, wie die Gletscher in Grönland.

1. SOLDAT

Von dort haben wir seit drei Jahren keine Nachrichten.

LUDWIG

Ich verstehe meine Frage nicht.

CHOISEUL

erscheint

Dafür glitzert Ihr Spiegelbild, Sire, wie gläserne Rüstungen. Es ist unverwundbar.

LUDWIG

Ich höre die Stimme von Choiseul!

1. SOLDAT

Er sieht die Stimme von Choiseul!

2. SOLDAT

Er zieht an den Haaren von Choiseul!

3. SOLDAT

Er beglückwünscht Choiseul!

CHOISEUL

Ich beglückwünsche alle und gebe Ihnen drei Minuten für Erstauntsein, Zweifel und Fragen.

LUDWIG

Erste Frage.

1. SOLDAT

Zweifel Nr. !!

2. SOLDAT

Ist das nicht ein als Perser verkleideter Türke?

3. SOLDAT

Fragendes »Hurra«!

CHOISEUL

Ich komme eben von dort. Nach dem »Hurra!« gingen sie sogleich zum Rädern über.

LUDWIG

Er ist, wie immer, erfüllt von Choiseul.

1. SOLDAT

Wer?

2. SOLDAT

Selber »wer«!

3. SOLDAT

Grönlandgletscher.

I. SOLDAT

Erstaunlich! Alles über den Krieg, über Kanonen, aber über die Kälte keine Silbe!

CHOISEUL

Zug . . .

LUDWIG

luft

CHOISEUL

gevier . . .

LUDWIG

teilt!

2. SOLDAT

Wir sind hier zu viele, im grönländischen Wind. Wir geben eine zu schöne Zielscheibe ab für diesen hinterhältigen Schützen. Vor allem Sie, Euer Majestät.

CHOISEUL

Der König hat immer recht. Folgen wir seinem Beispiel.

LUDWIG

Ich werde ihm selbst folgen, sobald ich in Savoyen bin.

I. SOLDAT

Mich fragt niemand.

3. SOLDAT

Eine Einzelheit, zur rechten Zeit bemerkt.

LUDWIG

Wer hat das Wort »Savoyen« gesagt?

CHOISEUL

Euer Majestät, Sie und ich. Aber einer von beiden hat es gleichzeitig gesagt.

LUDWIG

Ihre Meinung über letzteres?

2. SOLDAT

Ich bin der Herkunft nach Bauer.

1. SOLDAT

Ich dagegen was Besseres.

3. SOLDAT

Wir werden nicht für Scherze bezahlt ... Darum zahlt man uns auch so wenig.

CHOISEUL

Ich habe eben einen Brief aus Rußland erhalten: dort weiß man nichts von Savoyen.

LUDWIG

Wie das! Nicht einmal Baudouin de Courtenay?

CHOISEUL

Er ist auf dem Wege hierher, deshalb weiß er es nur halb.

1. SOLDAT

Wird man mich jetzt erkennen?!

2. SOLDAT

Du bist Baudouin.

3. SOLDAT

Sprich, Wahnsinniger! sag alles über Savoyen!

1. SOLDAT

Ich bin Baudouin. Savoyen wird zu drei Seiten von atlantischen Meeren umspült, und zu zwei Seiten von grönländischen Winden. Ich stecke voller dynastischer Geheimnisse.

CHOISEUL

Schweigen Sie! alles werden Sie zur gegebenen Zeit sagen, unter der Folter.

LUDWIG

Zauberin! – sie hat mir einen kleinen Spiegel mit ihrem Spiegelbild geschickt . . . Alle Todesurteile sind aufgehoben und werden umgewandelt in Verbannung nach Vichy!

CHOISEUL

Vorzüglich! da fahre ich auch hin.

1. SOLDAT

Nach der Folter sehen wir uns wieder.

2. SOLDAT

Im grönländischen Wind.

3. SOLDAT

Über den Krieg, die Artillerie – keine Silbe. Dabei geht das Pulver schon zur Neige.

CHOISEUL

Das ist ein Bündnis: Persien, die Türkei und Rußland. Das Pulver reicht noch bis Freitag.

LUDWIG

Sie ist so lieb, auch wenn sie Grönländerin ist!

CHOISEUL

Ich erkläre die Sitzung des Kriegsrats für eröffnet. Sprechen wir uns offen miteinander aus.

1. SOLDAT

Meine Meinung ist: durchhalten bis Freitag und auf Hilfe aus Savoyen warten. Oder aus Grönland.

2. SOLDAT

Auch ich will mich aussprechen: sich in den Wind stellen und auf Hilfe aus Grönland warten. Und dann aus Savoyen.

3. SOLDAT

Nach Vichy fahren und von dort zuschauen. Aber die Todesurteile nicht aufheben.

CHOISEUL

Ich teile sämtliche Meinungen – besonders die kämpferischste ... Euer Majestät, einige bitten um Begnadigung.

LUDWIG

Bei dem Durchzug?

1. SOLDAT

Baudouin a. D. mit Frau und Kindern. Bei meinem Degen.

2. SOLDAT

Ein schönes Ziel für den Wind ist die Türkei.

3. SOLDAT

Euer Majestät, wir sind schön.

CHOISEUL

Das sind die Worte des persischen Gesandten anläßlich der höchsten Widerspiegelung Eurer augustäischen Person. Die Übersetzung aus dem Türkischen stammt von mir.

LUDWIG

Und was macht Grönland bis zum Freitag?

2. SOLDAT

Es wird zerschmettert und eingegliedert in Form von Gletschern.

LUDWIG

Und der Henker?

3. SOLDAT

Oder Kontributionen in Form von Wind.

1. SOLDAT

Das wäre nicht Baudouin, der nichts riskiert.

LUDWIG

Choiseul, übersetzen Sie!

CHOISEUL

Der Sultan tobt und bittet um ewigen Frieden zu denselben Bedingungen.

2. SOLDAT

Deshalb ist ihm die Heuschreckenplage eingefallen!

3. SOLDAT

Sire, alles, außer Baudouin, ist zur Hinrichtung bereit.

1. SOLDAT

Sogar die Träume sind vergessen.

LUDWIG

Ja gut, verschieben wir es nicht auf eine noch traurigere Minute . . . Choiseul, nennen Sie die reguläre Nummer des Augenblicks.

CHOISEUL

Sire, das ist aus Witterungsgründen unmöglich.

LUDWIG

Wie?!

CHOISEUL

Es ist eine Zahl über die gesamte Länge des Windes.

Zufällig Krieger

Für Sergej Saltykov

ANASTASIJA

Was kann himmlischer sein als die heutigen Himmel?

MARIJA

Mir ist plötzlich ein Sternenzufall eingefallen. Merkwürdig: aber kein nächtlicher.

SOLDAT

Ich glaube, ich bin gefangen von einer der beiden. Aber von welcher?

ANASTASIJA

Die Ferne gibt keine Antwort.

MARIJA

Früher habe ich mich nie erkannt, heute kann ich mich nicht mehr erkennen.

ANASTASIJA

Da ist der Herbst, da die Dächer, da der Regen. Wie scharf alles begrenzt ist!

SOLDAT

Diese Direktheit hat etwas, das mir und meiner Treue nahe ist.

MARIJA

Sie ist blaß. Soll die Zeit noch eine Bewegung machen.

ANASTASIJA

Soll die Stille näherkommen.

MARIJA

Mein Name hat die Eigenschaft, in der Stille zu klingen.

SOLDAT

Soldaten sind immer willkommen. Zum Beispiel bei Friedensschluß usw. Alles aufzuzählen ist unmöglich.

MARIJA

Anastasija!

SOLDAT

Die grausame Zeichnung der Himmel: sie hat weder Platz für Mitleid noch für überzählige Sterne.

ANASTASIJA

Marija!

SOLDAT

Regen, der glitzert und geschliffen ist in der Tiefe seiner selbst. Ist es merkwürdig, daß man, bei der Wahl des Feldes für eine künftige Schlacht, dem Einfluß der Majestät und Schönheit der Landschaft erliegt. Dann bricht der Tag an, der ein merkwürdiger Tag genannt werden wird. Viele Gründe, aber noch mehr Grundlosigkeit.

MARIJA

Ich weiß nicht, was blauer sein könnte als die schwarzen Ränder des Himmels.

ANASTASIJA

Nicht umsonst unterscheidet sich die Ewigkeit vom Augenblick mal durch die Farbe, mal durch nichts.

MARIJA

Was sagten Sie?

SOLDAT

Verzeihen Sie, das waren die Sporen. Sie verraten ewig meine geheimsten Gedanken.

ANASTASIJA

Erstaunlich: seine Stimme ist ähnlich.

SOLDAT

Vor mir – Manöver, die Schlacht und der Tod. Oder sonst nur der Abschied.

MARIJA

Erinnerst du dich an unsere Kindheit, die bunt war von einer Menge von Blumen?

ANASTASIJA

Und diese Wolke, wo kommt sie her? Und die helle Mahnung an den Tod?

SOLDAT

Vom Klang zur Tat ist nur ein Schritt. Zum Beispiel vom Gesang der Sporen zur Kavallerie-Attacke.

MARIJA

Du hast mir nicht geantwortet.

SOLDAT

Nein, nach all dem, was gesagt worden ist, kann man mich nicht stumm nennen. Aber wo ist sie?

MARIJA

Hier: Direktheit, Gang – alles deutet auf ihr Kommen hin.

ANASTASIJA

Ich habe gewartet, aber weder eine Frage gehört noch die lange Stille der Nacht.

MARIJA

Nur eine Stimme, die vom Gipfel des Schweigens fällt.

SOLDAT

Die Farbe Weiß paßt zu jeder beliebigen Pause. Besonders zu einer unendlichen.

MARIJA

Hier hat sie sich zu lang dem Klang jedes beliebigen vergangenen Tages hingegeben, während er im vollen Flug die Luft streifte. Tägliche und nächtliche Abende, die jeden Augenblick zu streifen drohten. Was kann schärfer sein als der Klang dieser angehaltenen Dächer im vollen Flug der angehaltenen Nacht?

SOLDAT

Merkwürdig: die Sporen streifen die Antwort.

ANASTASIJA

Wieviele Kavalleristen, wieviele Lächeln der Säbelträger!

MARIJA

Die Antwort ist lautloser als die verletzende Luft oder ein verletzter Schatten.

SOLDAT

Die Zeit erschien mir immer geschliffener als die Nichtzeit.

MARIJA

Lächeln, Tränen – zu beiden Seiten des Strahls.

ANASTASIJA

Was für einen gebrochenen nächtlichen Duft diese Blumen haben! Kaum daß ich die Hand ausgestreckt habe nach diesen purpurroten Blütenblättern.

MARIJA

Vorsicht! Da kann jedes Wort jeder Tropfen sein.

SOLDAT

Der Schnurrbart ist ein Teil der Ausrüstung, genau wie der Mut u. a.

MARIJA

Ach, wie viele Tage! wie viele Lebende und Verwundete!

SOLDAT

Soldatischer Zufall! Zufällig Soldat.

ANASTASIJA

Was ist näher – Tag oder Nacht?

SOLDAT

Je nachdem, was man eine Antwort nennt.

MARIJA

Nun, zum Beispiel den nächtlichen Ausschnitt des Regens.

SOLDAT

In seiner Direktheit sehe ich die Krümmung des Säbels.

ANASTASIJA

Er hat Ähnlichkeit mit einem Krieger. Beim Zucken der Blitze verstärkt sich die Ähnlichkeit noch.

MARIJA

Fragst du das laut?

ANASTASIJA

Das Zucken wird greller, die Ähnlichkeit immer schöner.

MARIJA

Das ist nicht der Tag, an dem man über nächtliches Hufgetrappel staunt. Er hat etwas von Kavallerie gesagt.

ANASTASIJA

Du hast laut geantwortet.

SOLDAT

Genau so ein Regen, sogar noch gußeiserner, angesichts der Brücken, angesichts der zuckenden Blitze. Zuerst die Nacht, dann die Kavallerie, dann alles übrige. Das Licht kam von den Säbeln.

MARIJA

Ich horchte: Regen, Riemen und Stöhnen.

SOLDAT

Siebzig neue, fliegende Blicke – das ist das Ergebnis dieses merkwürdigen Zufalls, der auf sich selbst beruht.

ANASTASIJA

Purpurrote Blütenblätter, der Morgen, eine Blume ohne Namen.

MARIJA

Ich habe nicht gehört, sonst hätte ich gesagt, du hättest recht.

SOLDAT

Da war es unmöglich, aus dem Schrei die glänzende Faser zu ziehen, auch nicht den bohrenden zugigen Tag. Die Reihen der Soldaten, die mutigen Manöver, die scharfen Fragmente des Regens. Wie Rauch, der schwankt von der Bewegung der schrecklichen unruhigen Zeiten. Übrigens: meine Lieblingsmusik ist die des Angriffs.

ANASTASIJA

Und was ist Ihre Lieblingsfarbe?

MARIJA

Antworten Sie zumindest mit halber Stimme, mit halber Farbe.

SOLDAT

Alles war auf einmal blau – alles, was schwarz werden konnte und nicht konnte.

ANASTASIJA

Auf den Ruf der Posaunen?

MARIJA

Du hast diese Nacht so viele Sterne eingeatmet!

SOLDAT

Ich kann nicht hören wegen der Säbel!

MARIJA

Ihr Lächeln und der lange glitzernde Rand der Nacht. Ein Kind, das mit seiner Zeit gekommen ist, mit seinem Schicksal. Es fragt.

ANASTASIJA

Was ist das?

SOLDAT

Niemand hat es erwartet, sonst hätte es jeder erwartet.

MARIJA

Ein letzter Kuß, der in den Wolken verklingt.

Anmerkungen

Bromirskij, Pëtr – 1886–1920, russischer Maler, Bildhauer, vergessener Künstler der Avantgarde, den viele Zeitgenossen (Larionov, Čekrygin) für einen »genialen Künstler« hielten und dessen Werke, als N. I. Chardžiev 1969 in einem Aufsatz auf ihn aufmerksam machte, Vladimir Kazakov stark beeindruckt haben.

Čekrygin, Nikolaj – 1897–1921, russischer Maler, Zeichner, Buchillustrator, dem Futurismus nahestehend, wie Bromirskij oder Filonov einer der noch zu entdeckenden Meister der russischen Avantgarde der 20er Jahre.

Kazakov, Aleksej – russischer Maler, jüngerer Bruder (Halbbruder) von Vladimir Kazakov, dessen Begabung V. Kazakov sehr hoch einschätzte.

Mjasnickaja – Straße in Moskau, in der sich die Wohnung von Aleksej Kručenych befand. Kazakov hat Kručenych hier – vgl. die *Autobiographische Notiz* – des öfteren aufgesucht.

P. G. Ostrogskij – fiktiver Name; in früheren Fassungen des Textes stand hier der Name des Chlebnikov-Forschers und Philologen Rudolf Duganov, mit dem Vladimir Kazakov befreundet war.

Rozanova, Olga – 1886–1918, russische Malerin, Grafikerin, Ehefrau Aleksej Kručenychs; Teilnahme an den Ausstellungen der Futuristen *Tramway V* und *0.10*, illustrierte zahlreiche Bücher von Kručenych und Velimir Chlebnikov.

Nachwort

Der russische Dichter Vladimir Kazakov, 1938 in Moskau geboren, 1988 in Moskau gestorben, schilderte seinen Werdegang in einer autobiographischen Notiz 1973 mit diesen Worten:
»Ich wurde am 29. August des Jahres 38 geboren und entstamme einer alten Kosakenfamilie – was sehr wichtig ist. Ich habe Soldat werden wollen, aber meine Vorgesetzten waren da anderer Meinung und stellten mich zur Reserve ab. Daraufhin ging ich in den Norden, nach Kolyma (Sibirien), wo ich drei Jahre verbrachte – als Goldwäscher, als Lehrer nomadisierender Tschuktschenstämme, als Zimmermann, Holzfäller, Heizer, Matrose, als Sprengmeister. Nach Moskau zurückgekehrt (ohne Gold) trieb ich mich eine Zeitlang auf den Straßen herum, und lernte dabei professionelle Spieler kennen; ich wurde selbst zu einem. Die Dame des Hauses, wo wir uns regelmäßig zum Spiel trafen, war eine großartige Frau. Sie sagte einmal zu mir: ›Wissen Sie, was ich dachte, als ich Ihren Brief gelesen hatte? Sie müssen Schriftsteller werden.‹ Damals bedeutete mir die Meinung dieser Frau viel. Ich begann zu schreiben. Bald darauf wurde ich mit Aleksej Kručenych bekannt, der mich segnete. Später erfuhr ich, daß er, zu seiner Zeit, ebenfalls ein Spieler gewesen war. Ich begann mit Prosa, begann dann, Gedichte zu schreiben, und entschied mich endgültig für die Prosa. Dostoevskij, dann Chlebnikov, dann Gogol und Kručenych – das ist die Reihenfolge, in der ich gelernt und mich habe inspirieren lassen.«
Mit anderen Worten: Kazakov greift zurück auf die Traditionen der Groteske und des Absurden in der

russischen Literatur, zum anderen auf die verschütteten Traditionen der literarischen Avantgarde der zwanziger Jahre, insbesondere auf den russischen Futurismus und dessen herausragende Vertreter Velimir Chlebnikov und Aleksej Kručenych. So ist Kazakovs erster Roman, *Der Fehler der Lebenden,* schon mit seinem Titel ein Verweis auf Chlebnikov, der ein Versdrama, *Der Fehler des Todes,* geschrieben hat, und er ist zugleich, unschwer erkennbar, eine Kazakovsche Parodie auf Dostoevskijs Roman *Der Idiot,* zumindest eine sehr eigene Paraphrase dieses Romans, versetzt in die Zeit oder die Zeitlosigkeit der Welt des Vladimir Kazakov. Diese Welt ist merkwürdig streng, gläsern, scharf, kalt. Stein, Eisen und Glas sind die Materialien, aus denen sie hauptsächlich besteht, zu ihrem Inventar gehören – den Menschen gleichgestellt und gleichberechtigt: die steinernen Wände, Hausmauern, Hausdächer, Fenster, der Spiegel, die Uhr. Vermessen werden die Beziehungen, Brechungen, Winkel, Schwingungen, die zwischen diesen Gegenständen entstehen – durch die Luft, durch das Licht und vor allem durch die Zeit, eine Zeit allerdings, die nicht identisch ist mit derjenigen, die die Uhr anzeigt, Zeit, die von Uhren, in Sekunden und Minuten gar nicht meßbar erscheint, eine Zeit, in der Vergangenheit, Gegenwart und Zukunft zu einer beherrschenden Gleichzeitigkeit verschmelzen.
In dieser Gleichzeitigkeit agieren Menschen oder Personen, die wie surreale Puppen oder gar körperlos sich bewegen, sie erscheinen wie Gespenster, verschwinden wie Gespenster und offen bleibt letztlich, ob es sich bei diesen Kunstfiguren um Menschen handelt, die nicht nur eine Stimme, sondern auch einen realen Körper besitzen, oder um Geister, Erscheinungen, Spiegelungen, Stimme gewordene Erinnerungen, die, in der Stille der Kazakovschen Welt, mehr schweigen als reden.

Dieser Stille korrespondiert die einsilbig-aphoristische Kürze des Dialogs; auch wenn vom Autor nicht überall ausdrücklich verlangt, entstehen Pausen und der Eindruck, als vergingen Ewigkeiten, nicht meßbare Ewigkeiten zwischen den einzelnen Repliken des Gesprächs, eines Gesprächs, in dem – scheinbar – alle aneinander vorbeireden und in dem Verständigung im landläufigen Sinne nicht stattfindet, aber auch nicht beabsichtigt ist. In Kazakovs Dialog sind die Regeln und Verbindlichkeiten des allgemeinen Sprachgebrauchs aufgehoben. Kazakovs Personen sehen und hören das Wort jedesmal neu, sie erfahren die Wörter gleichsam staunend, als hörten und sagten sie sie immer wieder zum ersten Mal. Sie sind fähig, sich am Wort »Messer« die Zunge zu verletzen, fähig, sich am Wort »Glas« zu schneiden, sie empfinden die scharfe Spitze des Sekundenzeigers als ständige Bedrohung, das Wort »Sekunde« *ist* für sie ein Stich, ist für sie – seien sie nun körperlos oder reale Menschen – physische Wahrnehmung, Schmerz.

Anders als die russischen Futuristen, die, um neue Realitäten auszudrücken, neue Wörter mit neuen Bedeutungen bildeten, beschränkt Vladimir Kazakov sich, um die Realität seiner poetischen Vision zu formulieren, auf einen streng begrenzten Kanon aus bestehenden Wörtern, die er in ihren Tiefen und Bedeutungsmöglichkeiten auslotet, indem er sie aus ihren gewohnten Zusammenhängen reißt und so erreicht, daß sich zwischen den Wörtern und den Dingen, die die Wörter bezeichnen (oder eben nicht bezeichnen) neue, überraschende, oft paradoxe Bezüge einstellen. Und das ist nötig, will man, wie Kazakov es in einem kurzen Manifest formuliert hat, mit ihm »das sehen, was es noch nicht gegeben hat und nicht geben wird«. Punkt drei des erwähnten Manifests lautet:

»Lieblingsfarbe: schwarz. Lieblingsklang: blau.«

Als ›Avantgardist‹ steht Vladimir Kazakov jedoch fest in der Traditionslinie des absurden Humors in der russischen Literatur – wobei der Akzent, auch, auf dem Wort russisch liegt: sowjetischer Alltag findet in Kazakovs kleinen Dramen kaum Niederschlag, Kazakov meidet geradezu demonstrativ sowjetische Motive, wie sich auch sein Sprachgebrauch, sein gesamter Stil an der russischen Klassik orientiert.
Einige Autoren des russischen absurden Humors – wie Nikolaj Gogol, Dostoevskij und Velimir Chlebnikov – nennt Kazakov in der eingangs zitierten autobiographischen Notiz; hierher gehören, unabdingbar, die Petersburger Dichter der Gruppe Oberiu, Aleksandr Vvedenskij (1904-1941) und Daniil Charms (1905-1942), deren Texte Anfang der 70er Jahre – als Kazakov seine Dramen schrieb – eben erst entdeckt wurden. Besonders Daniil Charms hat Kazakov später immer wieder als den Dichter bezeichnet, den er liebte; der Charmssche Lakonismus, sein schwarzer Humor hatte es Kazakov besonders angetan, wie übrigens vielen Autoren seiner Generation.
Der vertrackte, ins Absurde zielende Wortwitz der Dialoge Vladimir Kazakovs hat jedoch noch einen prominenten Ahnherrn aus dem XIX. Jahrhundert – und zwar Kozma Prutkov, jene – von Graf Aleksej Tolstoj und den Brüdern Žemčužnikov erfundene – Gestalt des dichtenden Beamten, der sein Leben lang aufopferungsvoll im Staatsdienst verbrachte und den, angesichts der Großen Reformen von 1860/1861, die Angst um den Bestand des Reichs zur Feder greifen ließ. Kozma Prutkovs Fabeln, Gedichte, Unsinns-Projekte und Aphorismen – *Früchte des Nachdenkens,* wie er sie nannte – sind in den Sprachschatz aller gebildeten Russen eingegangen und als Redensarten, Sprichwörter und Pointen bis heute lebendig, ihrer hat sich Anton Čechov bedient ebenso wie Daniil Charms.

Einige Beispiele aus Kozma Prutkovs gesammelten Werken, die unterstreichen, wie nahe Kazakovs – gleichwohl unverwechselbarer – Humor auch diesem Klassiker des Absurden steht:

– Wenn du am Elefantenkäfig die Aufschrift »Büffel« liest, traue deinen Augen nicht.

– Nur im Staatsdienst erfährst du die Wahrheit.

– Wenn man dich fragt, was nützlicher sei, Sonne oder Mond, so gib zur Antwort: der Mond. Denn die Sonne scheint am Tag, wenn es ohnehin hell ist, der Mond dagegen – nachts.

– Wieviel Verst sind es von Moskau nach Rjazan und zurück? Antwort: In der einen Richtung könnt' ich's sagen, ohne den Kalender zu befragen, aber zurück weiß ich nicht. Begründung: Von Weihnachten bis Ostern sind es soundsoviele Tage und von Ostern bis Weihnachten soundsoviele, aber nicht so viele, wie von Weihnachten bis Ostern.

Peter Urban

Inhalt

Das Tor
7

Drama
17

Fabriksgelände
26

Gäste
35

Fenster
46

Spielgelbilder
60

Trinkspruch
71

Regen
78

Himmelskörper
84

Standbilder
96

Auferweckung
107

Ausruf
120

Wappenbuch
128

Sternbild
141

Der Sonnenkönig
147

Zufällig Krieger
157

Nachwort
165

Edition Akzente

Giorgio Agamben: Idee der Prosa
John Ashbery: Eine Welle. *Gedichte (1979–1987)*

Gaston Bachelard: Die Flamme einer Kerze
Gaston Bachelard: Psychoanalyse des Feuers
Georges Bataille: Das Unmögliche
Reinhard Baumgart: Glücksgeist und Jammerseele. *Über Leben und Schreiben, Vernunft und Literatur*
John Berger: Und unsere Gesichter, mein Herz, vergänglich wie Fotos
Nella Bielski: »Wer, wenn ich schriee, hörte mich denn ...«. *Ein Versuch über Rilke*
Horst Bienek: Das allmähliche Ersticken von Schreien. *Sprache und Exil heute. Münchner Poetik-Vorlesungen*
Bettina Blumenberg: Vor Spiegeln. *Erzählung*
Karl Heinz Bohrer: Nach der Natur. *Über Politik und Ästhetik*
Jorge Luis Borges: Geschichte der Nacht. *Neue Gedichte. Zweisprachige Ausgabe*
Joseph Brodsky: Erinnerungen an Leningrad
Joseph Brodsky: Marmor. *Ein Stück*
Joseph Brodsky: Römische Elegien und andere Gedichte

Roger Caillois: Der Krake. *Versuch über die Logik des Imaginativen*
Roger Caillois: Steine
Italo Calvino: Kybernetik und Gespenster. *Überlegungen zu Literatur und Gesellschaft*
Elias Canetti: Der andere Prozeß. *Kafkas Briefe an Felice*
René Char: Rückkehr stromauf. *Gedichte 1964–1975. Zweisprachige Ausgabe*
Gerrit Confurius: Sabbioneta – oder die schöne Kunst der Stadtgründung

Martin R. Dean: Außer mir. *Ein Journal*
Tankred Dorst: Der verbotene Garten. *Fragmente über D'Annunzio*

Umberto Eco: Lector in Fabula. *Die Mitarbeit der Interpretation in erzählenden Texten*

Lars Gustafsson: Die Bilder an der Mauer der Sonnenstadt. *Essays über Gut und Böse*
Lars Gustafsson: Eine Liebe zur Sache. *Prosastücke*
Madeleine Gustafsson: Die Lawine hinauf. *Gedichte*

Ludwig Harig: Das Rauschen des sechsten Sinnes. *Reden zur Rettung des Lebens und der Literatur*
Seamus Heaney: Die Hagebuttenlaterne. *Gedichte. Zweisprachige Ausgabe*
Gerd Henniger: Spuren ins Offene. *Essays über Literatur*

Felix Philipp Ingold: Echtzeit. *Gedichte*
Felix Philipp Ingold: Haupts Werk. Das Leben
Felix Philipp Ingold: Mit andern Worten

Edmond Jabès: Das kleine unverdächtige Buch der Subversion

Dietmar Kamper: Das gefangene Einhorn. *Texte aus der Zeit des Wartens*
Dietmar Kamper: Hieroglyphen der Zeit. *Texte vom Fremdwerden der Welt*
Vladimir Kazakov: Unterbrechen Sie mich nicht, ich schweige! *Sämtliche Dramen*
Friedhelm Kemp: ». . . das Ohr, das spricht«. *Spaziergänge eines Lesers und Übersetzers*
Milan Kundera: Die Kunst des Romans. *Essay*
Günter Kunert: Vor der Sintflut. *Das Gedicht als Arche Noah. Frankfurter Vorlesungen*

Wolf Lepenies: Autoren und Wissenschaftler im 18. Jahrhundert. *Buffon, Winckelmann, Linné, Georg Forster, Erasmus Darwin*
Emmanuel Lévinas: Eigennamen. *Meditationen über Sprache und Literatur*
Jakov Lind: Eine Seele aus Holz. *Erzählungen*

Claudio Magris: Mutmaßungen über einen Säbel
Jürgen Manthey: Wenn Blicke zeugen könnten. *Eine psychohistorische Studie über das Sehen in Literatur und Philosophie*
Christoph Meckel: Erinnerung an Johannes Bobrowski
Martin Meyer (Herausgeber): Vom Übersetzen

Henri Michaux: Momente. *Durchquerungen der Zeit*
Henri Michaux: Unseliges Wunder. *Das Meskalin*
Norbert Miller: Strawberry Hill. *Horace Walpole und die Ästhetik der schönen Unregelmäßigkeit*
Czesław Miłosz: Das Zeugnis der Poesie
Yukio Mishima: Zu einer Ethik der Tat. *Einführung in das »Hagakure«, die Samurai-Lehre des 18. Jahrhunderts*
Libuše Moníková: Schloß, Aleph, Wunschtorte. *Essays*
Eugenio Montale: Gedichte 1920–1954. *Zweisprachige Ausgabe*

Ivan Nagel: Autonomie und Gnade. *Über Mozarts Opern*
Ivan Nagel: Gedankengänge als Lebensläufe. *Versuche über das 18. Jahrhundert*
Ivan Nagel: Kortner-Zadek-Stein

Oskar Pastior/Francesco Petraca: 33 Gedichte
Oskar Pastior: Kopfnuß Januskopf. *Gedichte in Palindromen*
Oskar Pastior: Lesungen mit Tinnitus. *Gedichte 1980–1985*
Francis Ponge: *Schreib*praktiken oder Die stetige Unfertigkeit

Janis Ritsos: Unter den Augen der Wächter. *Gedichte*
Juan Rulfo: Der goldene Hahn. *Erzählung*

Claudia Schittek: Flog ein Vogel federlos. *Was uns die Rätsel sagen*
Alfred Schmidt: Goethes herrlich leuchtende Natur. *Philosophische Studie zur deutschen Spätaufklärung*
Alfred Schmidt: Idee und Weltwille. *Schopenhauer als Kritiker Hegels*
Schuldt: Leben und Sterben in China. *111 Fabeln nach Lius Wörterbuch*
Manlio Sgalambro: Vom Tod der Sonne
George Steiner: Martin Heidegger. *Eine Einführung*
George Steiner: Von realer Gegenwart. *Hat unser Sprechen Inhalt?*
Marleen Stoessel: Aura. *Das vergessene Menschliche. Zu Sprache und Erfahrung bei Walter Benjamin*
Botho Strauß: Marlenes Schwester/Theorie der Drohung. *Zwei Erzählungen*
Botho Strauß: Fragmente der Undeutlichkeit

Antonio Tabucchi: Indisches Nachtstück *und Ein Briefwechsel*
Lionel Trilling: Kunst, Wille und Notwendigkeit. *Literaturkritische und kulturphilosophische Essays*

Giuseppe Ungaretti: Die Heiterkeit · L'Allegria. *Gedichte 1914–1919. Zweisprachige Ausgabe*

Paul Virilio: Der negative Horizont. *Bewegung – Geschwindigkeit – Beschleunigung*
Paul Virilio: Krieg und Kino. *Logistik der Wahrnehmung*

Derek Walcott: Das Königreich des Sternapfels. *Gedichte*
Ernst Wendt: Wie es euch gefällt geht nicht mehr. *Meine Lehrstücke und Endspiele*

Marguerite Yourcenar: Mishima oder die Vision der Leere